U0565049

周大新
自传

周大新,1952年生于河南邓州一个名叫周庄的村子。家在村子的西头,院前、院侧就是田畴,会走路就开始在田埂上行走,四五岁就学会了拾柴、剜野菜。六岁始去四里外的初小读书,每天步行往返四趟,徒步远行的能力由此练成。后考入镇上高小、初中,原有上高中考大学的雄心,无奈"文革"一起,大学停办,只能勉强上两年高中,之后就从军去了山东。

野战军的军营让我由一个学生成了一名战士。步兵武器射击、经纬仪观测、107火箭炮发射、穿山越岭的野战训练,磨掉了我身上的书生气。南部边境之战的战场又让我见识了铁与火、生与死,我才知道男儿肩上有责任。从未想过此生会当作家。最初不过是想多挣点稿费养家,后来写多了,方明白笔下的文字可以给他人送去爱和温暖,送去人生的抚慰。写的时间长了,才知道生命、人性、人生、社会与自然界,应该成为自己参悟和探索的对象。

写了近40年,有一些书出版,对养育我的土地,算是有了点交代。

总主编　何向阳

本册主编　何向阳

百年中篇小说名家经典

BAINIAN
ZHONGPIAN
XIAOSHUO
MINGJIA JINGDIAN

周大新　著

香 XIANG 魂 HUN 女 NÜ

河南文艺出版社

·郑州·

一种文体与
一百年的民族记忆

何向阳　（丛书总主编）

　　自20世纪初,确切地说,自1918年4月以鲁迅《狂人日记》为标志的第一部白话小说的诞生伊始,新文学迄今已走过了百年的历史。百年的历史相对于古老的中国而言算不上悠久,但20世纪初到21世纪初这个一百年的文化思想的变化却是翻天覆地的,而记载这翻天覆地之巨变的,文学功莫大焉。作为一个民族的情感、思想、心灵的记录,从小处说起的小说,可能比之任何别的文体,或者其他样式的主观叙述与历史追忆,都更真切真实。将这一百年的经典小说挑选出来,放在一起,或可看到一个民族的心性的发展,而那可能被时间与事件遮盖的深层的民族心灵的密码,在这样一种系统的阅读中,也会清晰地得到揭示。

所需的仍是那份耐心。如鲁迅在近百年前对阿Q的抽丝剥茧,萧红对生死场的深观内视,这样的作家的耐心,成就了我们今天的回顾与判断,使我们——作为这一古老民族的每一个个体,都能找到那个线头,并警觉于我们的某种性格缺陷,同时也不忘我们的辉煌的来路和伟大的祖先。

来路是如此重要,以至小说除了是个人技艺的展示之外,更大一部分是它对社会人众的灵魂的素描,如果没有鲁迅,仍在阿Q精神中生活也不同程度带有阿Q相的我们,可能会失去或推迟认识自己的另一面的机会,当然,如果没有鲁迅之后的一代代作家对人的观察和省思,我们生活其中而不自知的日子也许更少苦恼但终是离麻木更近,是这些作家把先知的写下来给我们看,提示我们这是一种人生,但也还有另一种人生,不一样的,可以去尝试,可以去追寻,这是小说更重要的功能,是文学家个人通过文字传达、建构并最终必然参与到的民族思想再造的部分。

我们从这优秀者中先选取百位。他们的目光是不同的，但都是独特的。一百年，一百位作家，每位作家出版一部代表作品。百人百部百年，是今天的我们对于百年前开始的新文化运动的一份特别的纪念。

而之所以选取中篇小说这样一种文体，也是出于这个原因。

中篇小说，只是一种称谓，其篇幅介于长篇小说和短篇小说之间，长篇的体积更大，短篇好似又不足以支撑，而介于两者之间的中篇小说兼具长篇的社会学容量与短篇的技艺表达，虽然这种文体的命名只是在 20 世纪的七八十年代才明确出现，但三四十年间发展迅速，其中的优秀作品在不同时期或年份涵盖长、短篇而代表了小说甚至文学的高峰，比如路遥的《人生》、张承志的《北方的河》、莫言的《透明的红萝卜》、韩少功的《爸爸爸》、王安忆的《小鲍庄》、铁凝的《永远有多远》等等，不胜枚举。我曾在一篇言及年度小说的序文中讲到一个观点，小说是留给后来者的"考古学"，它面对的不是土层和古物，但发掘的工作更加艰巨，因为它面对的是一个民族的精神最深层的奥秘，作家这个田野考察者，交给我们的他的个人的报告，不啻是一份份关于民族心灵潜行的记录，而有一天，把这些"报告"收集起来的我们会发现，它是一份长长的报告，在报告的封面上应写着"一个民族的精神考古"。

一百年在人类历史上不过白驹过隙，何况是刚刚挣得名分的中篇小说文体——国际通用的是小说只有长、短篇之分，并无中篇的命名，而新文化运动伊始直至70年代早期，中篇小说的概念一直未得到强化，需要说明的是，这给我们今天的编选带来了困难，所以在新文学的现代部分以及当代部分的前半段，我们选取了篇幅较短篇稍长又不足长篇的小说，譬如鲁迅的《祝福》《孤独者》，它们的篇幅长度虽不及《阿Q正传》，但较之鲁迅自己的其他小说已是长的了。其他的现代时期作家的小说选取同理。所以在编选中我也曾想，命名"中篇小说名家经典"是否足以囊括，或者不如叫作"百年百人百部小说"，但如此称谓又是对短篇小说的掩埋和对长篇小说的漠视，还是点出

"中篇"为好。命名之事，本是予实之名，世间之事，也是先有实后有名，文学亦然。较之它所提供的人性含量而言，对之命名得是否妥帖则已显得不那么重要了。

值此新文化运动一百年之际，向这一百年来通过文学的表达探索民族深层精神的中国作家们致敬。因有你们的记述，这一百年留下的痕迹会有所不同。

感谢河南文艺出版社，感动我的还有他们的敬业和坚持。在出版业不免受利益驱动的今天，他们的眼光和气魄有所不同。

2017 年 5 月 29 日　郑州

目录

序一

香油，是我们南阳这地方有名的土特产品。据史书载，早在清朝光绪年间，就经汉口"邓帮商行"销往东南亚、日本和德国。在香油中，又以小磨香油为最负盛名，如今每年销往京、津、沪三市和日、美诸国的几百万斤香油，就是小磨油。南阳的小磨香油出名，其一是因为此地的芝麻奇异。这地方属暖温带气候，土壤、水质中含有多种矿物质，芝麻籽粒饱满，千粒重平均达三克以上，油脂中高含人体必需的不饱和脂肪酸；而且部分芝麻籽粒形状很怪，其尖端歪向一方，出油率高达百分之五十七。其二是因为榨制工艺独特。它先将芝麻炒到将煳未煳，而后用石磨磨成糊状，接着加水、搅拌，最后澄清、舀盛，原汁原味。

南阳榨制小磨香油的油坊、油厂很多，但你若想尝到小磨香油中的最精最优最上之品，则须出南阳城南行，问：香魂油坊在哪儿？会立刻有人指给你。

那原是郜家营郜二嫂私人开的一座油坊，两年前日本经营粮油的女商人新洋贞子来油坊参观后，自愿提出投资扩建，如今变成了中日合资经营，不过油坊的一应事务仍由郜二嫂主持。 二嫂的大名叫银娥，很好听，只是她使用这名字的机会很少，村人多称她二嫂，连新洋贞子也对她这样叫。

序二

做香油和做啤酒一样，讲究水！

没有崂山矿泉水，青岛啤酒就不会享誉国际。 同样，没有香魂塘里的水，郜二嫂的油坊也不会让那么多人着迷。

香魂塘里的水是有些奇！

这水塘坐落在郜家营村南，方形，百米宽窄，最深处不过一丈，然而即使是再大的旱年，塘水也不见稍减，据说塘底通着什么暗河。 塘中夏日长满荷，花开时香裹全村，然水凉得怕人，很少有人愿下去摸藕，偶有人敢试，也是下水片刻便牙齿发颤嘴唇乌青地慌慌爬上来。 塘水颇清，却无鱼无虾无鳖等生存，且喝到嘴里又有一股苦涩味，极像是放了种什么草药。 村里的牛羊猪狗再渴，从不喜喝这塘里的水。可就是这塘水用来做小磨香油，特别好。 会使油色橙黄，味甜润，入口清香醇爽。 用这油来煎炸食品和调制凉拌菜肴，可去腥臊而生奇香，使人口生津液食欲大增；若用来配制中药，可滋阴清热解毒，壮精髓，润脾胃；若用来熬膏外敷，具有凉血、润燥、消肿、止痛、生肌等功效。

发现这塘水可做香油，据说是在宋朝，这水塘从那时起便起名叫香塘。 又据说在乾隆年间的一个秋天，村人突然在一个早上发现，村东头拥有四百二十五亩土地的郗中雄的千金小姐和村西铁匠林家的小围女同时投塘自尽，两姑娘时年都十七岁，死因一直无人能说清楚。 于是从那以后，人们又在香字后面加了一个"魂"。

郗二嫂的香魂油坊就坐落在香魂塘畔，油坊大门面南，出门五十步即是塘岸。

两年前，新洋贞子所以下决心给郗二嫂的香魂油坊投资，很大程度上也因了这香魂塘。 那天，新洋贞子在仔细地品尝了香魂小磨油之后，特意到香魂塘边用勺子舀了点塘水尝尝，然后又让随行的人带了一壶香魂塘水回去化验，化验后立即拍来电报：愿投资四十万美元扩建香魂油坊。 至于新洋贞子的经历以及而后两家如何谈判，如何分配利润，如何外销产品，如何定下仍由郗二嫂主持经营等事，不是本文要介绍的内容，本文只说有关郗二嫂的一桩家事，那桩事开始于一个早晨……

一

六月的那个空气潮润东天洇红的清晨，郗二嫂像往常一样，一边扣着衬衣组扣一边匆匆出院门向隔壁的油坊走去。每天的这个时辰，香魂油坊要开始它的第一道工序：炒芝麻。 二嫂进去时，偌大的油坊炒棚里已是热气滚动白烟飞腾，三十八口铁锅里已全倒上了芝麻，锅灶里都已有火苗乱爬，每口铁锅前都站着一个短裤赤膊的男人，手拿一柄大铁铲在锅里翻。随着铲起铲落，先是有缕缕白色水汽蹿出锅沿，渐渐便有一股熟芝麻的香味开始在棚里飘溢。身着短袖衫的二嫂在那些铁锅前巡视，这口锅前叮嘱一句烧火的：火小点！那口锅前催促一下掌铲的：翻快点！炒芝麻是做香油的重要工序，炒得不够和炒得太过都会影响油的颜色和香味，所以每天的这个时辰，作为老板的二嫂不管因算账、筹划熬夜多乏，也决不睡懒觉，总要亲自到炒棚里巡看。天本来就热，三十八口铁锅散发出的热量聚起来更是怕人，尽管有散热器嗡嗡转动，但二嫂的衬衫很快便被汗水湿透，然而二嫂浑然不觉，她的心思全在芝麻上：要正到火候！昨日就有一锅炒得过煳，结果香味不正！正当她从一口锅内抓一把芝麻查看时，炒棚门口突然响起闺女芝儿的尖声急叫："娘，娘！快，快来！"二嫂闻声一惊，女儿是她的心尖上的肉，她慌慌张张朝棚门口跑："怎么了，芝儿？"十三岁的芝儿见娘出来，并不说话，上前拉了娘的手就往香魂塘边跑。"出什么事了？"二嫂心中愈发慌，女儿仍不答，直到跑近塘岸，二嫂才明白女儿拉她来的原因：

　　二十二岁的儿子——那个因得了癫痫病智力不全的墩墩，正站在塘水边上攥住一个洗菜姑娘的两只手腕，嘿嘿地傻笑着往自己身边拉。那姑娘恐骇至极地挣拒着，盛菜的竹筛子正缓缓向塘里漂。"墩子，放手！"二嫂一声断喝，惊得那墩墩一个激灵，手松了，他扭头看定他娘，一丝口水在嘴角上极悠闲地晃荡。

"你想招打呀？ 还不快滚!"二嫂朝儿子斥道。 但墩子不走，又歪头咧嘴笑盯着旁边双手捂脸仍在嘤嘤低泣的姑娘。 直到二嫂扬起巴掌朝他肩上打了一下，他才扭头跳上塘岸跑开了。

"娘，环环姐和我同时来这塘边洗菜，我俩正边洗边说着话，哥拎个毛巾来洗脸了，他到塘边先是嬉皮笑脸地直盯着环环姐，后来就上来攥人家的手腕!"芝儿在一旁气咻咻地告状。

"哦，噢，"二嫂扶住那叫环环的姑娘，一边理顺她的头发，抻平她的衣襟，一边柔声劝慰，"好闺女，别哭，看我晚点打他给你出气!"过了好一阵，那环环才停了抽泣。"芝儿，送送你环环姐!"二嫂支使道。 芝儿急忙把环环盛菜的竹筛捞起，扶环环上了塘岸。 看着芝儿同环环走远，二嫂才重重往塘岸上一坐，望望碧青碧青的塘水，长长叹了一口气：唉，这个儿子，可拿他怎么办？ 他是因为癫痫连续复发引起的智力下降，男女间的事看来也懂，以后说不定还会去惹别的姑娘，怎么办？ 二嫂望着空旷的塘岸，坐那里默想。 这当儿，一阵喜庆的唢呐声忽由村东飘来，二嫂蓦然记起，今天是村长家娶儿媳妇，村里人都要去送贺礼，自家也该送一份去。 唉，人家在为儿子高兴，我却在为儿子发愁，什么时候我也能——倏地，她脑中一亮：娶个儿媳! 这些年她把心思全放在办油坊上，加上总以为墩子不懂事，给墩子娶媳妇的念头还一直没有动过。 就是，只要给墩子说个媳妇，两人一结婚，事情不就结了？ 不仅不用再为类似今早上的事操心，也会有人照顾儿子的饮食起居，岂不两全其美？ 墩子智力上差一点，无非是多花几个钱罢了！ 花钱怕啥？

对，就娶一个和环环的相貌年纪差不多的姑娘做儿媳！

就在这个早上，就在香魂塘边，二嫂娶儿媳的决心下了。

二

别看二嫂平日寡言少语不苟言笑，却是那种拿了主意就要按主意办的女人。 她当初所以能办成油坊，且引得日本的新洋贞子自愿投资，也得益于这一点。 她早上动了娶儿媳的念头，午后取水时，便向媒公五叔做了嘱咐。

每天的午后，是油坊去塘中取水的时候。 这时，炒熟的芝麻已经石磨磨成了芝麻糊糊，接下来的工序就是去塘里取水，然后把水用锅炉煮开，往芝麻糊糊里兑。 按比例兑好之后，一沉淀，油便出了。 因为是做油的水，来不得半点马虎，混不得一点脏东西，所以每天午后油坊的小型抽水机开始去塘中抽水时，二嫂总要拿一根细长竹竿，在竿头上绑一块白净纱布，站在塘岸上让纱布在取水处的塘水水面上轻拂，仔细拂走水面上漂着的浮萍、荷叶碎片、草屑和灰尘。

郜二嫂这日就是正干这事时瞥见五叔拎一只水桶向塘边走来，便立时停了手中竹竿，急急喊住五叔，跑过去把要给墩子娶媳妇的事说了一遍。

一辈子在媒场上混的五叔，看到这个富得流油的油坊主人来求自己，自然高兴，就眯了眼，捻着下巴上的短须说道："放心，她二嫂，你交代的事儿我还能不办？你只管在屋里等，不出三天，我就领上姑娘到屋里让你相看！"

"五叔，事成之后，我不会亏着你！"二嫂知道对五叔该有个许诺。

"瞧你说到哪里去了？"五叔抑住欢喜急忙摆手，"墩子好歹是管我叫爷的，替他操心还不应该？"

五叔倒是说到做到，第三天接近晌午时，便领了一个长得标致漂亮的姑娘来到油坊门前。二嫂被从油坊里喊出，看见那姑娘，觉着貌相与村中的环环不相上下，十分入眼，就急忙把两人往自家的院子里让，进屋又忙不迭地倒茶让糖。姑娘的高挑身个和银盘圆脸让二嫂很是满意：能娶上这样的儿媳妇，也是郜家的幸运。但二嫂是那种办事三思而行很有心计的女人，并不立刻在脸上露出什么，只淡淡地问些女方本人和家庭的情况。在得知姑娘高中毕业，父亲是柳镇上开茶馆的傅一延之后，二嫂心中生起一丝不安：姑娘这么好的条件，能会看上我的墩墩？是不是五叔向她隐了墩儿的情况？得弄清她图的究竟是什么，于是便说："闺女，你既是来到我家，我就想把实话给你说了。俺墩儿其他方面都好，就是因为得过癫痫病，智力上略略低些——""这个我知道，"那姑娘立时把二嫂的话拦住，"五爷爷已经都给我说了，我不在乎这个，智力上弱一点我可以照顾他！"二嫂听了这话，心中便已明白，这姑娘图的是钱，这倒使二嫂心安了不少。 二嫂知道，一个女人跟一个男人成家，无非是四种情况：一个是图人，二个是图钱，三个是良心上舒展，再一个是图自己事业上有个靠头。 这姑娘既是知道了墩儿的真实情况还愿意，显然是图钱。 图钱二嫂不怕，一样东西不图来当你儿媳妇的姑娘没有，只要她不是那种大手大脚能喝能赌能挥霍的人就行。 接下来二嫂就又不动声色地开口："我这墩儿平日好玩，我也并不指望他干活，你将来到家，怕要常陪他玩乐。 不知你平日会哪些玩法，打牌？ 玩麻将？""要说玩，不瞒你说，哪种玩法我都会！"姑娘听到二嫂这话，竟有些眉飞色舞起来，"光麻将，我就会五种打法！ 而且连打一天都行！""输赢呢？ 一天能赢个多少？"二嫂脸上现出极感兴趣的笑容。"说不准，"姑娘身上原有的那点不多的拘束彻底消失，"有时一夜能赢个几十块钱。"语气中充满了自豪。

一丝冰冷的东西极快地在二嫂眼中一闪，但她脸上仍有笑容，她又同那姑娘说了一阵，便装作忽然想起什么似的站起身，笑对五叔说："五叔，油坊那边有桩急事，我先去办办，你陪傅姑娘在这里坐，晌午在这儿吃饭。"长期做媒的五叔，自然听得出这是逐客令，他其实早听出傅姑娘语失何处，只是因为这是给精明的油坊老板说儿媳，他不敢巧语代姑娘掩饰，于是就也站起来含了笑说："她二嫂你快去忙吧，我领傅姑娘去我家坐坐，我们改日再来。"可怜傅姑娘临出门还没看出二嫂的真实态度，还在娇声说："我也能陪墩子下跳棋、象棋、军棋！ 而且我也爱学日语！"

二嫂努力让浮上眼中的鄙夷隐去……

三

二嫂原准备在晚饭时把要给儿子说媳妇的事讲给男人听。 二嫂虽极不愿想起自己那个独腿丈夫，可娶儿媳是家中的一件大事，好歹他是做父亲的，应该让他知道。 但直到她吃完晚饭，还不见男人郜二东的影子。 二嫂估计他又在村中的祥凤酒馆里泡着听坠子书，便愤愤地扔下碗，去油坊里装油。 每天晚上，香魂油坊都要把当日出的几千斤香油分装在各种型号的瓶子和塑料桶里，然后贴上商标，装入纸箱包好，好在第二日凌晨用汽车运走，这是油坊的最后一道工序。 二嫂在油坊里和几个包装工足足干了两个小时，才拖着疲惫的身子往家走，进屋一看，仍不见男人郜二东，心里的火禁不住就蹿了上来，忍不住咬牙骂了一句："这个只知道玩的杂种！""娘，你骂谁?"正给她端来一杯开水的女儿芝儿瞪了凤眼诧异地问。"哦，我骂那个偷懒的炒工。"二嫂这才意识到自己的失态，慌忙掩饰道。 待女儿去自己的睡屋睡下之后，二嫂扯一条毛巾拎手上去香魂塘擦身，边走边又恨恨地低声骂男人："挨刀的，为什么还不快死？"

她恨！一想起男人就恨！

这恨自从她被郜家买来当童养媳时就生出了，一直积在心里。

二嫂现在还记得清清楚楚，那一年她才几岁！是一个春荒的头晌，妈把她从剜菜的地里喊回来，一把把她揽在怀里，声音颤着说："闺女，家里没吃的了，不能让你和你弟弟妹妹们饿死，你爹和我想了个主意，送你去郜家营老郜家，给他家当童养媳。"这时候她看见了郜二东的父亲把一袋包谷和一沓钱放到了桌上，她心中一喜：有吃的了！她记得她当时还问了一句："啥叫童养媳？"妈说："就是先给人家当闺女，长大了再当媳妇。"她虽没听懂后半句话，但前半句已够让她吃惊，她摇头叫："不，我不去给人家当闺女！我给你们当闺女，我天天去地里剜菜，不会让弟弟妹妹们饿着……"她死死抱紧妈的脖子，但最后爹还是把她的手掰开，抱着她递到了郜二东的父亲怀里。她记得她在二东父亲怀里挣扎着哭叫，还照他的肩头咬了一口，一直哭喊到郜家营郜二东家里，直到郜二东的母亲过来抽她一个耳光，她才吓得噎住了哭声。郜二东那阵竟也嬉笑着走过来，使劲地揪了一下她的头发叫："哭啥？"对郜二东的恨，就是从那时生了根。

这恨，在此后的日子里逐渐膨大、增加。郜二东家富，她在这里可以吃饱，但每顿饭其实都有代价，她必须不停地在厨房、碾屋、牛棚干活，稍有一点不顺二东妈的心就有可能招来一顿打骂。幸亏时间不长就解放了，郜二东家被划成了富农，这一来她的地位起了根本变化，二东的爹妈怕再打骂会惹她像同村其他几个童养媳一样跑回老家，对她的态度一变而为十分亲昵，闺女长闺女短地叫得如糖似蜜，时不时还额外关心地给她买这买那，使得她竟感动得忘记去探听"童养媳"三字的含义。殊不知这所有的关心其实都是为了那日子的来临！她十三岁的那年秋天的一个傍晚，二东妈拉过她悄声说："闺女呀，如今咱这样人家办什么事都是不张扬为好，今晚就给你们把房圆了算了！""圆什么房呀？"她茫然不解地问。二东妈眨眨眼睛，说："待会儿你就知道了！"她饭后还去找邻院的女伴玩了一会儿，回自己的睡屋睡觉时，才意外地发现自己的床上铺了新的蓝印花床单，放了一床红色的洋布面新被子，正在她惊奇的当儿，二十岁的独腿二东拄着他的拐杖咔嗒咔嗒地走进房来，进房后大方地把门插上，而后径直向床边走。"你干什么？我要睡觉了，还不出去！"她生气地叫。她每每看见二东那条生下来就小得惊人的左腿便在心里生出一种害怕和厌恶。她已听村里人说这叫遗传病，郜家每一辈都有一个得这种怪病的人，二东他祖父辈是他三爷爷生下来两耳都无耳轮，到父辈是他大伯生下来右胳膊只有半截，轮到二东，生下来左腿短得只有几寸，且细小得惊人，只能单腿走路。二东当时听到她的话后只是轻轻一笑，说："妈不是已经告诉你今晚咱俩圆房？"
"圆什么房？"她有些惊疑。二东没有再用话语解释，而是
把拐杖往床帮上一靠，伸手抱起她就往床上放。她惊骇无比
地喊爹喊妈你们快来！她听见二东爹妈的脚步在门外响却并
无人推门，她在床上挣扎反抗了许久，但结果是衣服差不多
全被二东撕碎，随着那阵可怕的疼痛的到来，她心中对二东
的恨达到了极点。

那天晚上，当二东舒服地放平身子睡熟之后，她曾拉开
门向这香魂塘跑来，要不是二东妈尾随着赶来拖住了她，她
就要跳进这水味苦涩的池塘。倘是那晚跳进这塘里死了，如
今自己在哪里？

二嫂手拎着毛巾站在塘边默想，淡淡的月光将她的身影
斜放在水上，不大的夜风把水面叠出许多微波，使水中的月
亮也变得像一个老皱的果子在枝上摆动，荷叶们在微风中轻
轻碰撞嬉戏，发出的声音极像是有人在耳语。假若那年跳进
水里，会不会见到乾隆年间跳进去的那两个姑娘？二嫂慢慢
地弯腰撩水擦身，原本就凉的塘水在夜晚温度更低，水珠触
身时她打了个寒噤，燥热的身子顿时觉到了一阵森森的凉
意，她仔细看了看自己在水中的倒影，那是一个胖胖的女人
的身形，唉，老了，到郜二东家已经几十年了！

擦洗后她回到屋里躺下不久，院门外响起了丈夫那夹着
拐杖捣地的独特脚步声，她听到他走进屋走近床，跟他说说
墩子的事吧！她睁开眼睛刚要开腔，不想裹着酒气的丈夫已

向她的胸口伸出手来。"干什么？"她厌恶地将他的手拨开。"嘿嘿，你又不是不晓得，人一喝点酒就想这个——""都半夜了，你还叫人歇歇不？"她用抑得极低的声音叫，把那双伸到腹上的手狠狠地打开。"怎么？"郜二东生气了，声音一下子提得很高，"你还是不是我的老婆——"二嫂一听慌忙伸手捂了他的嘴，天呀！隔壁睡的就是女儿，不远处的小楼上还躺着两个日本技工，让他们听见明儿还怎么见人？她不敢再拨开他那双手，听凭他在身上肆意折腾，二东已经摸准了二嫂极要脸面害怕丢人的弱点，常用提高嗓音捅出家丑的办法来把她吓服，尤其是当着日本人的面。

当丈夫终于忙完之后，她才总算把要给墩子娶个媳妇的话说了一遍，但二东只含混地答了一句"你看着办吧"，就打起了呼噜……

四

每天的早饭后，香魂油坊要开始它的第二道工序：磨芝麻。就是将清晨炒熟的芝麻，一律用小石磨磨成糊糊。这是最用力气的工序，也是做油过程中最值得一看的地方。香魂油坊有四十九盘小石磨，在磨棚里排成七排，四十九盘石磨被电动机带动着一齐转动时，轰轰声如敲大鼓；七个女工在石磨中往返添续芝麻，似扭一种独特的秧歌。熟芝麻被磨碎后，发出沁人的香气。开磨时倘外人走进磨棚，差不多都会被这幅劳动的景致吸引住，那天上午五叔探头朝磨棚内喊二嫂时，也极有兴味地看起来而忘了开口。倒是二嫂先看见了他，走出来招呼。二嫂出门一看磨棚外还站着一个姑娘，当即明白了这又是一个相看对象，便急忙把两人往自家院子里让。

姑娘的身个脸相都还不错，但让进屋内细瞧之后才注意到，原来那姑娘的一只眼珠不动，一问，方知姑娘的眼是先天就有的毛病，这一来二嫂心中一咯噔，原有的那份欢喜散得无影无踪。二嫂如今最怕这种先天就有的病。她在有墩子之前，曾怀过两次身孕，结果生下来都是葡萄胎，她知道这是郜家的遗传在起作用。怀墩子时，心中整日不安不宁，多少次腆着肚子在黑夜中去村西的娘娘庙里烧香磕头，恳求娘娘保佑，没想到生下来的儿子还是有癫痫病。她知道遗传的厉害，儿子已经有病，倘若娶个儿媳也有遗传病，那将来生下的孩子还能好了？她使个眼色和五叔一块儿走到厢房，摇了摇头说："五叔的心意俺知道，这样的姑娘跟墩子过日子可以久长，只是我担心将来的孙子孙女身体会出毛病。"五叔听了这话，也不敢再坚持，怕惹了这个财神发怒，便说："那就罢了，这姑娘我待会儿领走就是，我看最好是你看中了哪个姑娘，告诉我，我再去说合，这样兴许就快些。"

二嫂沉吟了一刹，在脑中把认识的本村和邻村以及在油坊做工的姑娘们想了一遍，最后不由自主就又想到了环环身上，说："要说可心如意的姑娘，我觉着还是咱村的环环，那姑娘勤快文静，爹妈也不是那种多事的人，娶这样的姑娘做媳妇，我也放心。"

五叔听了急忙点头："环环那姑娘貌相不错，不是那种胆大泼辣会算计的人，又上过初中，要真是来到你家，会是一个好媳妇！这样吧，我后晌就去找她爹妈说说，今晚就来给你回话。"

送走五叔和那姑娘之后，整整一天，环环的面影就老在二嫂脑中转悠，二嫂知道环环家的家境不好，估计环环爹妈见五叔去为墩子提媒准会赞成，他们会为能攀上她这个坊主做亲家感到荣幸。她已开始在脑中计划着什么时候为墩子和环环举行婚礼，越早越好，早办早省心！新洋贞子秋末要来，她来后自己要同她商量生意上的好多事，那时就忙了，最好是在这之前办。她万万没有料到傍黑五叔来回话时会说一句："嗨，不识好歹，环环和她爹妈都不愿意！"二嫂有些意外地瞪大眼："为什么？""还不是嫌——"五叔擦着汗，把后半句也擦去了。

二嫂的脸阴沉了下来。这是她的疼处，她最怕别人捅！她自己可以在家里大骂墩子傻，但在外边，只要听见别人议论墩子一句，她的脸总要红涨半天，上次连新洋贞子摸着墩子的头叹了一口气，二嫂就一天对她带理不理。

自从二嫂办起香魂油坊尤其是新洋贞子投资以来，她办事已很少遭人拒绝。因此，今天这个意料之外的拒绝便格外刺心，她眼皮下耷，将眸子中的冷光盖住，咬牙在心中叫了一句：环环，你这个丫头，你敢跟我别扭，咱们走着瞧，只要我看好了你，你就得做我的儿媳！……

五

西斜的阳光透过油坊的西窗，照在二嫂那张心不在焉的脸上，她正和几个工人一起在往芝麻糊糊里兑水，这也是做油的一道工序，这道工序的关键是掌握好兑塘水的比例。 比例适当，用木棍在水和糊糊中搅拌一阵，上边即浮一层清油；比例不当，兑水少了，出油率低，兑水多了，又会油水分离，减少香味。 往日二嫂干这活都是全神贯注，兑一盆准一盆，今日却因为脑子里总想着环环家拒绝提亲的事，兑了两盆都不准，以致不得不重新加水加糊糊来调整比例，气得她连连拍着自己的额头，脸上现出恼怒之色，同干的工人们知道，照惯例，二嫂快要找个借口发火了。 正在几个工人提心吊胆的当儿，外边响了三声短促的汽车喇叭，二嫂一听那喇叭响，先是双眸一跳，继而身子极轻地一颤，便疾步向门口走去。

棚里的几个工人松了一口气。

油坊外，一辆装满芝麻的卡车刚刚熄火停下，村中早先的小货郎如今的个体运输户任实忠正晃着宽大的身架从驾驶室里走出来。 看见任实忠，二嫂眼瞳中分明地漾出一股欢喜，两腿显出少有的敏捷很快地向车前奔去，那样子仿佛是要扑过去，但转眼间她的神态变了，脸上布了一层冷淡，脚步变得十分徐缓，打招呼的声音不带任何感情："回来了，老任，这趟拉的芝麻咋样？ 啥价钱？""质量没说的，价钱还是老样，就是你得加点运费，"那任实忠瞥一眼围拢来的油坊工人，不容置辩地提出要求，"这两天，汽油的价钱又涨了，再说，这趟跑的山路多，油耗得太厉害！""嗬，你可真会巧立名目要钱呀！"二嫂用的也是绝不肯让步的语气，"谁不知道你早把汽油买到家了，汽油现在涨价你又吃不了亏，告诉你，想多要一分也没门！ 不想卖给我，可以拉走！"

空气一时变得很僵。

没有人能够看出，二嫂和任实忠这其实是在演戏！

更没有人知道，二嫂最初之所以能办起香魂油坊，就是因了任实忠的暗中支持。 不过倘是聪明人，还是能看出一点蛛丝马迹的，香魂油坊如今是中外合资企业，县里保证其芝麻供应，为什么邰二嫂还要单单同任实忠签订芝麻供应合同？

两人的逼真表演瞒住了工人们的眼睛，工人们纷纷开口帮二嫂说话想解这僵局。 有的叫：你老任也是，运费是原先就讲好的，现在变卦太不讲信用！ 有的喊：老任，多要点运费就发财了？ 有的讲：老任，你收芝麻卖给油坊的生意既是常做就该讲点交情！ 任实忠这时便苦着脸不耐烦地摆手说："罢了，罢了，就让你们香魂油坊沾点光吧！ 快给我结账、卸车！"二嫂这时就朝工人们招一下手说："来，你们把车卸了，一袋一袋地在磅上过过，哪一袋斤两不够，先码到一边，我去给老任结账。"老任就带了不甚满意的神情，随二嫂往院子里走，两人一前一后，一副公事公办的面孔，但刚一进空寂无人的堂屋，二嫂突然回过身来，喜极地朝老任怀里扑去，那老任咧开大嘴一笑，伸臂便把她抱了起来，两张嘴转瞬便胶在了一处，一阵吮吸声立刻响遍全屋。 一对黑老鼠从梁上探头，一点也不惊异地看着这一幕。

两人每次的相见，差不多都是从这幕开始！

连二嫂自己也说不清，类似这样的相见已经有了多少次。

这么多年来，正是由于和实忠的这份恋情，才使她对生活还怀着希望，才使她有了去开油坊挣钱的兴趣。 差不多从她一到郜家起，她就注意到了住在这个村中的小货郎任实忠。 他那时常挑一个不大的货郎担在本村和邻村间转悠，担子上有糖人、有头绳、有顶针，有她喜欢的许多小东西，但她无钱买，她只能跟在他的担子后看。 他自然也注意到了她，有时，他会在无人的时候，从自己的货担上拣一块糖或一节头绳扔给她这个可怜的童养媳。 他向她表示关切，她向他表示感激，两人的友谊就从那时悄悄建立，这友谊继续发展，终于在若干年后越过了那个界限。 不过这份爱恋不可能有一个美好的结果，她不是那种敢于不要名誉的女人，他也没有可以养活一个女人的家产，于是这爱便必须在极秘密的状态下存在。 为了掩盖这份爱，两人都费尽了心机，有时为了获得一次见面的机会，不得不忍痛去演互相仇恨的戏。那个酷热的秋天，两人夜间的来往有些频繁，为了不使人起疑，他们精心策划了一个"阴谋"：任实忠故意在一个午后去她家的菜园里偷拔了两个萝卜，她看见后大叫大喊，立即告诉了丈夫，并和丈夫一起骂上实忠的门，把实忠"贼呀！""小偷呀！""不要脸呀！"狗血淋头地骂一顿。在丈夫郜二东挥着拐杖上前抢了实忠一杖的同时，她也上前抓破了实忠的胳膊，以此在村人面前造成一种两家有冤有仇的印象，巧妙地蒙住了村人的眼睛。那日过去几天后的一个夜里，当她重又躺在实忠怀里时，又心疼至极地去抚他胳膊上的伤口。当她怀上实忠的女儿——芝儿时，因为知道这孩子不会再得什么遗传病，可又要把这孩子说成是郜二东的，她苦想了多少办法，在村里和家里编了多少谎话！先说算命先生算卦讲，正月怀胎的孩子，老天爷正是高兴的时候，不让他们带残带病出生；又说城里的名医讲了，老辈人的遗传病，并不是要传给所有的后代，有的子女照样正常；再说夜里做了一梦，梦见送子娘娘讲，既然郜家已有一个得癫痫病的儿子，下一个孩子该让他聪明伶俐了！正是由于做了这些舆论准备，当好模好样的芝儿出生后，才没引起村人和二东的怀疑，人们才称赞这是她守妇道的回报和福气……

当两人的舌尖尖终于分开之后，二嫂轻声说："我这两天正忙着给墩子定个媳妇，你说行吗？"

"有人愿跟？"实忠在椅上坐下，把一块卷着的衣料在桌上放好，"给你和芝儿买的。"

"我看中了村里的环环姑娘，她不愿，可我想我能把这事办成！"二嫂理齐被弄乱的鬓发，语气中满是自信。

实忠没再说话，只深深地吸了一口烟。

"我已经知道有关环环家的两桩事，一桩，环环想跟村西头老周家的二儿子金海，"二嫂汇报似的开口说，"金海家对这事还没上心；另一桩，环环爹去年想靠烤烟叶发财，从信用社贷款六千块修个烤烟炉，谁知第一炉就失火把炉子毁了，收的青烟叶大部分被沤烂，把六千块全赔了进去，前些天信用社在催贷款——"

"这些你别给我说，"实忠笑着把她的话截断，"墩子不是我的儿子，他的事我不便插言，将来给芝儿找女婿时我再拿主意。"说罢起身，走一步又嬉笑着回头："我夜里来？"

二嫂的脸红了一下，低低地答："你记着先看院门外的笤帚！"

那天的晚饭吃完时，二嫂装作随口对丈夫提起似的说："听说今晚南边范庄的汇丰酒馆里来了帮说坠子书的，说'樊梨花'说得好极了！""真的？"二东一听兴致来了，急忙问。二嫂此时又眉头一皱："我也是听人说的，真不真不知道，反正你不能去！三里来地，你拄个拐杖能去成？""哟！"郜二东一蹾拐杖，"别说三里地，就是十里我也不怕！""要是这消息不准的话，你可要快去快回，不能又在那里喝开了！"二嫂假装生气地交代。"给我点钱吧。"郜二东笑着向二嫂伸手。 自油坊办成后，家里的钱从来都是二嫂管，郜二东每次出门喝酒听戏，都是先要零钱。 二嫂从口袋里摸出一张拾元的票子朝他一扔："没零钱了，就拿这张去，可不能都喝光！"

郜二东捏起钱就兴高采烈地往外晃。

二嫂安顿好儿子和女儿睡下后，伸手在院门外放了个笤帚。 不久，一个黑影熟练地推开院门，溜进了二嫂的睡屋……

六

当落日把香魂塘水浸成红色的时候，香魂油坊一天的主要工作算是基本做完，十几缸新出的香油正放在棚里做最后的澄清沉淀，预备晚饭后进行包装。 这时，工人们边在晚风中歇息边为第二天的活做准备：整理芝麻。 这时辰，二嫂总要人在塘边的平地上铺几块帆布，把几十袋芝麻倒在上边，让人们脱光双脚上去，先用手把其中看得见的土粒石块拣出，再用微风机筛去芝麻上的微尘。 这活儿很轻，人们可以边干边说笑，倒也惬意。 平日，二嫂和大伙在一起干这活时，少不了同大伙说笑几句，活跃活跃气氛，联络一下同工人们的感情。 但今儿个二嫂一声没吭，一边心不在焉拨弄着脸前的芝麻，一边用双眼不停地朝香魂塘西头那条田野通村庄的小路瞅。

　　她在等待那个叫金海的小伙。 她已经观察到了，每天的这个时候，在地里干活的金海要经由这条小路回家。 她要在这里拦住他，要同他进行一次不像是有意安排的谈话，这是她整个计划中的第一步！

　　风从塘那边刮来，大约是添了几分水汽，显得湿润而清凉；天光在缓缓变暗，像只麻尾雀从远处的田野飞来，落在香魂塘边的杨树棵里；做活的人们开始返村，有人边走边含含糊糊地唱。 二嫂终于看见那个叫金海的小伙出现在塘边小路上，双眼顿时一亮，随即起身，装着去塘边洗手时看见金海，亲热地招呼："收工了？"

　　"嗯，二婶。"那金海听见招呼，忙抬头答应。

　　二嫂走前几步，打量着这个平日不太留意的小伙。 嗬，这小伙是长得不错，平头、方脸、大眼、偏高的身个、黑红的肤色，给人一种健壮机灵的感觉，环环看中了他，是有几分眼力。"做地里活累吗？"二嫂关切地问。

　　"没啥，"他笑笑，"就是种的粮食卖价低，挣钱少。"

　　"愿不愿找一个挣钱多又很轻的活儿干？"二嫂抓住他这个话头，问。

　　"哪有？"他又笑了。

　　"香魂油坊在城里新设了个零售店，需要一个人常驻那里负责经营，你要愿去的话，我可以考虑，工资一月先定一百三。"

　　"真的？"金海脸上露出惊喜。

"你愿去？"二嫂不动声色地问。

"愿！"金海果断地一拍腿。

"不过，我有个条件！"二嫂调调儿很慢。

"啥条件？"他迫不及待。

"因为生意上的事讲究经验，我不想让零售店的人三天两头换，只要定下干，就要一干几年，而且两年内不能谈对象。年轻人一有这事，心思就容易不在生意上；就是将来找对象，我也希望他能在城边的那些村里找一个姑娘，免得来回跑。"二嫂边说边看他的脸。

"噢——"他直望着二嫂的脸，有些怔。

"你怕不会答应这个条件吧？"二嫂嘴角挑起，露出一丝笑意。

"我——干！"他虽然迟疑了一阵，到底还是下了决心。

"这是一桩大事，我看你还是回去同你爹妈商量商量。我听说已有人在给你介绍对象了，是吧？"

他有些不好意思地笑了："只是说说，还没定下。"

"这样吧，我明天晚上等你的口信儿！"二嫂说罢，无所谓地笑笑，转身去水塘洗手。当她在清澈的水边蹲下时，水面上映出了一张得意的笑脸。她知道，金海已在她的主意面前动了心，她的这步棋已经可以说走成了！

果然，第二天晚饭后，那金海就来告诉说：我愿去，按你的条件办。第三天，村中便有消息传开说韩家的环环姑娘不知何故哭得双眼发红。 二嫂听罢，微微地笑了一下。

几天后的一个上午，二嫂又差一个人用塑料桶提十斤刚出的小磨香油，去了乡上把一个姓侯的信贷员叫了来。 那侯信贷员过去同部二嫂打过交道，知道她如今是有名的香魂油坊的老板，听说她叫自己有事，也不敢怠慢，骑着自行车赶到，一进二嫂家就笑着高声问："嫂子叫我有何吩咐？ 你总不会是要贷款吧？"二嫂就笑着摇头，让座让茶之后，低了声问："听说我们村韩环环家欠了你们贷款？""是的，是的，怎么，她家又找了你来求情想拖欠？"侯信贷员见二嫂问起这事有些意外。 二嫂摇摇头又问："欠款到期是不是该还？""那是自然。 只是她家确实倒霉，无钱归还，只好容他们再拖一段日子。"信贷员一时不明白二嫂何以会关心这个。"要我说么，你应该照原则坚决要回！ 倘是贷款的人家都照他们这样拖欠，你那信贷所还开不开了？"二嫂仍旧笑着问。"二嫂的意思是——"侯信贷员听出了点眉目。"他们家要没钱的话可以借嘛！ 再说，人家也不会就没有积蓄，你真要一吓唬，譬如说要用房子抵什么的，他们还能不慌着凑钱？"二嫂边喝水边笑得极是自然。 那侯信贷员不是傻瓜，这几句听过自然明白了二嫂的心意，只是猜不出原因，但心下琢磨，去催要贷款既合乎原则又能讨这香魂油坊主人喜欢，何乐而不为？ 于是在二嫂家吃罢丰盛的午饭后便径直去了环环家。

环环的爹和妈一见信贷员上门，立时就明白了来意，急忙让烟让茶。 几句寒暄过后，那姓侯的便神色肃穆一本正经地提出了三天内归还贷款的要求。 环环的爹妈听了连声叫苦，说眼下手中实在没有，求再拖一段日子，待秋季收成下来就力争还齐。 原本坐在缝纫机前缝衣的环环此时呆立在那里，看着爹和妈的惊慌和低三下四模样，眼睛眶里就有泪水在旋。 她是长女，又快二十岁了，已经知道该为爹妈分忧，可有什么办法？ 去外边找人借？ 哪里能借到这么多钱？ 如今家家都在想法把资金投到能挣钱的地方，谁肯把这么多现金借给你？"如果三天内还不出钱，你们恐怕得想法找个抵押物了，譬如这房子——"侯信贷员住口点一支烟，环环和爹妈的心却一下子提到了嗓子眼：天哪！ 抵押？

这之后，侯信贷员就没再说什么，喝一阵茶便走了。 他走后，环环爹妈和环环都抱头默坐那里，一直坐到环环的两个弟弟放学回家。 最小的弟弟没有发现屋里的异样气氛，进屋就喊："妈，我饿！"话未落音，爹的巴掌就呼啸而来揍到了他的屁股上："饿死你个杂种！ 滚，给我快滚！"小弟不知爹何以突然发这么大的火，委屈地哭了。 环环悄步上前，无言地撩起衣襟为弟弟擦泪。 晚饭除两个弟弟吃了一点之外，环环和妈都没动筷。 眼看着爹脸前的旱烟灰越堆越高，环环的牙突然一咬，用低哑的声音说："妈，你去村里把五爷爷喊来！"

"喊五爷爷干啥？"妈抬起红肿的眼。

"你去把他叫来！"环环的声音执拗而坚决。 当妈的知道女儿柔中带倔的脾性，只好起身出门去喊。 有两袋烟工夫，五叔来了。 他并不知道环环家发生了什么事，进门还开玩笑地喊："环环，找五爷有啥事？ 是买酒了想请五爷喝几盅？"及至看见环环爹的那副愁态，才意识到出了什么事，刚要问，环环却已开口："五爷爷，你前些日子不是讲，香魂油坊的郜二婶愿娶我当她的儿媳妇吗？"

"是呀，她对你做她的儿媳可是一百个中意！"五叔恍然猜到了什么，笑答。

"要是我答应了这门亲事，她能给多少钱？"环环的声音有些抖。

"你郜二婶说过，钱上她不在乎，你可以先说个数！"

"一万二！"环环伸手扶住一把椅子，借以支撑自己开始哆嗦的身子。

"中！ 我估摸她能同意，我这就去找她，今夜里就给你们回话！"五叔有些喜出望外地急急往外走，他没料到这桩原本已经不成的亲事忽然有了转机。 这下子有酒喝了。

"环儿！"一直待在一边听着这场对话的环环爹惊叫，"你——"

"爹，五爷爷要是把钱拿来，还了人家的贷款后，剩下的钱你今年再修个烤烟炉！"

"环儿……"爹开始哽咽，妈早撩起了衣襟。

环环没再开口，只是转过身，一步一步向自己的睡屋走……

七

五叔进入二嫂的堂屋时，二嫂正在本子上记着第二天要做的几桩事儿。 五叔高兴得挥着烟袋喊："她二嫂，环环同意了，墩子的婚事成了！ 成了！"二嫂的眉心一耸一松，把要写的几行字写完，才慢慢扭过头来，淡然地问："怎么，当初不是说过不愿意了吗？"

"我也不知她怎么又改变了主意，"五叔摊手笑道，"好呀，这回你有了可心的儿媳了！"

"她提了什么条件？"二嫂似乎早有所料。

"她想要一万二千块钱，她家里太穷，我就替你答应了，我想这点儿钱你也不会在乎！"五叔笑说。

"好吧，给她！ 不过我想最近就择个日子为他们把事情办了，怎么样？"二嫂边说边去开小保险柜的柜门。

"既是已经答应了，定日子的事她不会再说别的。"五叔直盯着二嫂的手。

"喏，这是给环环家的，"二嫂将一张活期存折递到五叔手上，"她去县银行取出就行，一万两千五，比她要的还多一点。 喏，这三百块，你留下买两瓶酒喝！"

"给我钱做啥？ 为墩子操心还不应该？"五叔嘴上推着，却已眉开眼笑地把存折和现金接了过来……

婚礼定在十天后。 一切由二嫂安排，十分隆重。

尽管两家相距仅几百米，二嫂还是让人把新洋贞子当初带来的两辆轿车都开上，绕村一周把环环娶进了屋。

新房里的家具是从城里买的，村里无人能比；婚宴摆了四十二桌，规模在村里也是空前的。

墩子那日经二嫂精心打扮，头发梳得一丝不乱，一身毛料中山服十分笔挺，皮鞋乌光黑亮，除了脸上眼中有一股呆气滞留外，整个人倒也说得过去。到每桌敬酒时，严格照娘教他的三句话说：请喝好！来，我敬三杯！你请坐！倒也没显出什么傻气。环环那日并无刻意打扮，只穿着一身蓝底带碎花的素色衣裤，式样大方而合体；乌发剪得齐颈，随意梳成；着一双绣有粉蝶的浅色布鞋和肉色袜子，浑身有一种淡雅的美，加上那日她脸上不露半点笑意，双唇轻抿眼瞳仿佛浸在水里，越发透出一股端庄清丽来。她随在墩子身后出来敬酒时，酒桌上响起男女宾客们的一片赞叹声，坐在主席上的二嫂，在这赞叹声中高兴得把两颊喝成了一片酡红。

整个婚礼进行得十分顺利，只是到了傍晚时分才出了点意外。当时，来贺喜的客人还没全走，有几个女客仍在新房欣赏参观那全套高级家具，环环默默坐在椅上不语，这当儿墩子从外面疾步进来，不由分说地就叫客人出去。几个女客有些愕然，却也不能不向门外走。她们刚出门槛，墩子就"哐"一声把门关了。几个女客互相挤挤眼睛，就把耳朵贴在了门上，听见墩子说了一声：快上床去！却不见环环应声。几个女客就在门外窃笑。恰在这时，二嫂从院门外送客回来，瞥见新房门口几个女客的神态，就知道是墩子办了什么傻事，便佯作不知极热情地唤那几个女客到前屋喝茶，自己瞅了个机会走到新房门口，刚要推门，门缝里已冲出婚床嘎嘎吱吱的沉重响声，二嫂脸一红，心里骂一句：傻东西！急急转身走开了。

那晚例行的闹新房仪式没法举行，新房门墩子一直不开。二嫂在前院用大量的糖果和巧妙的借口，把来闹新房的村人支走了。

第二天早上，墩子两眼浮肿欢天喜地出门，到了前院坐下就要饭吃，环环却没起床，二嫂做了饭菜让闺女芝儿送上，环环不吃也不看。直到晚上，她才慢腾腾起床，端了脸盆拿了毛巾去香魂塘擦洗。那也是个有月的晚上，二嫂站在门口观察着，环环擦洗完，在塘边定定地站了，月光把她的身影清晰地印在地上，许久之后才又默默端了脸盆往回走。二嫂在心里说：你开始可能像我当初一样不习惯，慢慢就好了……

八

日子很快便把墩子和环环的婚礼变成了过去，香魂油坊又像旧日一样，在二嫂的指挥下，平静地按既定工序运转：整理芝麻、炒、磨、取水、兑、沉淀、取油、包装、运。墩子和环环相处也很平静，一块儿起床，一块儿吃饭，没有争执，没有吵闹。

一切都很安宁。

但二嫂的心里却安宁不下，她知道，早晚家里要出事，起因还是墩子的病！

她十分注意观察墩子的神色变化，每天督促着他吃药，但药物不能把墩子的病根治，二嫂担心的事还是发生了！

那是一个无月的晚上。半夜时分，二嫂因为和两个日本技工试用刚安上的新型计油器，上床晚。刚睡下不久，后院蓦然传出环环恐骇至极的喊叫。二嫂一听，知道不好，上衣没穿就往后院跑，撞开墩子和环环的睡屋门，拉开灯一看，只见环环和墩子都赤身相对侧躺在床上，墩子两只手死死掐住环环的两个肩头，口吐白沫，牙关紧咬，双眼翻白；环环早被吓得浑身乱抖面无血色。二嫂知道墩子这是在正做那事儿时犯病的，所以有死抠环环肩头的举动。她跑上前，一边狠掐墩子的人中穴，一边去掰他掐住环环双肩的手指头。待把他的两手掰开，环环的双肩已淌出血来。环环啜泣着慌慌穿起衣服。这时郜二东拄着拐杖进来，和二嫂一块儿进行例行的急救。待把墩子用凉水喷得吐出一口长气，二嫂转眼去看环环时，已经不见了她的影子。二嫂奔出大门，听见一阵踉跄的脚步声向村中响去，知道环环是向娘家跑，不好再去喊去追，便慢慢返回屋里。

墩子是第二天早上恢复过来的。吃早饭时，没见环环，便瞪了痴呆的眼睛问："她呢？"二嫂说："环环回娘家看看，待会儿就回来！"但直到天黑，仍不见环环的影子，墩子就又呆声问娘："环环呢？"此时二嫂便有些生环环的气：在娘家一天了，怎么还不回来？ 吃过晚饭，差芝儿去韩家叫嫂子。 芝儿去了一阵回来告诉娘：我环环嫂不回来。 二嫂听罢就愈加生气，你明明知道墩子这是病态，值得这样赌气住娘家不回吗？ 不过后来一想，也罢，她可能是被吓住了，明日买点礼物让五叔送过去，劝说劝说她，让她早日回来。

第二日中午，二嫂让人从镇上买来几盒点心，喊来五叔，作了番交代，五叔便去了环环家。 半后晌五叔来回话：环环只是哭，不说回来不回来。

二嫂把眼一瞪，哼了一声，说："我再等她一天。"

第四天中午，仍不见环环回返，墩子又不住地问：她哩？ 她哩？ 二嫂便把头发向后一掠，抻抻衣襟，径直去了韩家。

进了韩家门，二嫂没理会环环爹妈的招呼，径直进了环环睡觉的屋里，对躺在床上的环环冷冷地说："你可是我郜家的儿媳，老住在这儿算什么？ 我来提醒你，你是我花一万两千五百块钱娶来的，你当初就知道我家墩子有病，你是自愿同意的！ 如今后悔也可以，把我花的那些钱和利息都拿来！"

环环没说一句话，只慢慢地坐起身，抹一把眼泪，抖抖地穿上鞋，一步一步地挪出门，向香魂油坊走。

二嫂迈着重重的脚步跟在身后。

进了院门，二嫂又严厉地在环环背后说："以后不给我讲，不准随便往娘家跑！做媳妇就该有做媳妇的规矩！"

环环没有吭声，只慢步向卧房去。

你休想在我面前摆什么小姐架子，我早晚会把你治得服服帖帖！你生是我郜家的人，死是我郜家的鬼！二嫂扶着门框在心里叫……

九

新芝麻上市，是香魂油坊最忙的时候。每天一大早，四乡八村种芝麻的农民或拎或扛或挑，在香魂油坊前排起长队，等待着用芝麻换油或卖钱。一则因为香魂油坊的油好，一则因为二嫂把收购价钱定得略高于其他油厂油坊，所以到这里的卖主就格外多。开油坊芝麻是原料，二嫂对原料一向抓得很紧，见到就收，存得越多越好！

二嫂在油坊前摆起两张条桌，一张桌上放一根木杆大秤和一个小磅秤，让环环负责给卖主们称芝麻，另一张桌上放一个算盘和几沓各种面额的现金和一本账，她坐在桌前负责按质计价付钱；二嫂的桌旁又放一只盛了小磨香油的油桶，桶上摆了一斤、半斤、一两、半两四个用白铁皮做的油提子。有想用芝麻换油的，二嫂就按比例用油提给他们往瓶里、桶里量油。郜二东和墩子按照二嫂的吩咐，负责把买过来的芝麻往口袋里装。油坊里边的工人们则按照平日的分工，正常做油。 两个日本技工稀奇地站在不远处看，他们大约是第一次见这场面。

环环默默给卖主们过秤，称完一宗，便低而简洁地报给二嫂，她做得麻利而认真。 自从上次由娘家回来之后，她便开始顺从地按照二嫂的吩咐干活，似乎已习惯了郜家的一切，只是人很少说话。

郜二东和墩子父子俩倒芝麻的活原本不重，但没干到晌午，先是墩子回屋喝水再不出来，再是二东喊叫着太累，看见芝儿放学到家，又急忙喊芝儿来干，自己挂拐杖去树荫下歇息。

二嫂扭头恨恨瞪了一眼在近处树荫下吸烟打盹的丈夫，但转身去给卖主们付款量油时又是笑容满面，她不愿让外人看出她对郜二东反感，多少年来她在人们面前对郜二东一直是百依百顺关心体贴，好不容易才赢得贤妻良母的称号，才使人们没有对她和任实忠的关系起疑。 如今她和日本人合资做生意，闲话原本就多，对丈夫的厌恶她更是只能压在心里！ 二嫂最累，一会儿要坐下记账、算账、付款，一会儿又要起身用油提量油，一会儿又因为心疼女儿赶过去帮芝儿装芝麻。 一天下来，真是头昏脑涨腰酸腿疼坐下就不想动。

那日因为是来红的前一天，二嫂早晨起来就觉浑身乏力，想到是收购新芝麻的紧要时节，她不敢歇，仍坚持着干，到晚上收秤，竟累得一步都不想挪。 晚饭由环环做好，芝儿端到她面前，她只草草吃了几口就脱衣上床睡了。 睡了没有多久，下午就出去到酒馆听坠子书的部二东带一身酒气回屋。上床后，竟然又去扯她的衣服，她气极地摔开他的手，他又执拗地要来脱，她实在抑不住心中的恼怒，就照他光裸的胳膊上打了一掌，未想到这一下把部二东惹恼了，他仗着酒劲发起了疯。一边高叫着"我揍死你这个婆娘！"一边没头没脑地打她撕她。这厮打的声响和部二东的叫喊以及二嫂抑低的哭音，早把环环惊醒。环环跑到爹娘的屋里无言地看了一眼公公，部二东这才气哼哼地在一只椅子上坐了。环环去扶二嫂，她刚喊了一声"娘，起来"，二嫂就止住了哭声，抬起泪脸望定儿媳，眼中先是闪过一丝羞愧——她没想到让儿媳看见了这个场面，随即便恶狠狠地说："你来干啥？我不过是跟你爹拌几句嘴！"环环没吭声，只掏出一块手绢要去包二嫂胳膊上的伤口，未料二嫂把她的手忽地推开叫："你别管，回屋睡觉去！"

环环抿紧嘴，慢慢起身向门口走，快到门口时，二嫂在身后压低声音冷冷地交代："把你看到的烂到眼里，说出去小心我撕你的嘴！"

环环拉开门，无声地移出去……

第二日早晨，二嫂仍然穿戴得整整齐齐地到油坊派活检查，而后在门前收购芝麻，不时还同来卖芝麻的熟人开一两句玩笑，俨然昨晚什么事也没发生一样。只有环环能够听出，她那说笑声里含有多少勉强；也只有环环能够看出，她那闪烁不定的眸子深处，隐有多少苦楚。

收芝麻的忙季终于过去。

那天黄昏，二嫂在室内审看刚从省城印刷厂拿回来的新式商标，商标是用中文、日文两种文字印成的，中间是一行大字："香魂小磨香油"；上边是一行小字："世上美味，烹调佳品"；下边是一行地址："中国南阳香魂油坊产"；左面是一盘黄澄澄的芝麻；右面是一盘机摇石磨。用色构图都不错。二嫂唯一不满意的是没有再写上一句："荣获中华人民共和国香油评选一等奖。"她正琢磨下次重印该把这行字加在何处时，院门外响起三声短促的汽车喇叭，几乎在听到那声音的同时，她便忽地起身，几步奔到了门口，哦，实忠，你可回来了！一看到实忠的身影，她就觉得鼻子发酸。她多想立刻扑到他的怀里诉说她心里的苦楚，但是不能，她知道周围有眼睛，她必须先演戏。她不冷不热地招呼："回来了，老任？"实忠一本正经地点头并立刻用生意人的口气说话："我这次在南阳给人拉完水泥，回来时按咱们的合同要求，给你拉了一车空塑料桶和空瓶子，质量没说的，就是颠烂了一箱瓶子。这是运输时的正常消耗。你可不能少给我钱！""哟，"二嫂撇起了嘴，"我要的是装油的好瓶子而不是玻璃碎片，拿些碎玻璃让我付款，想得倒好！""那你说怎么办？""颠烂的自己认倒霉！"……

　　眼看已成僵局，油坊的工人们便又过来打圆场，最后又是实忠承认倒霉，很不满意地随二嫂进屋去结账。 两人一前一后进院门时，刚好遇见环环端一盆衣服出来，环环抬头招呼："任叔回来了？"实忠笑笑回问："环环，忙着洗衣服？"两人都是礼节性地说句话，并没有想别的，他们都没料到，当晚他们还会见面，而且是在那种尴尬的场合！

　　当晚，因为墩子去外婆家走亲戚未回，饭桌上就只剩下了四口人，饭快吃完时，二嫂对丈夫巧妙地试探着说："你今晚去酒馆听戏，十点钟前一定要回来，要不我可不起来去给你开门。 明早上我还要起床招呼工人炒芝麻，陪不起你熬夜！""嗨，你这女人真不通情理！"郜二东立刻抗议，"唱坠子的哪晚不唱到十二点？ 大伙都在那里听，你叫我半途回来，我回得来吗？""好了，好了，我不管！"二嫂嘴上不耐烦，心中却在暗喜知道了他回家的确切时刻。

　　二嫂家的院子挺大，进了头道院门，两边各是两间厢房，四间厢房全是仓库；三间正屋里，二嫂和丈夫住东间，芝儿住西间，中间是一个穿堂。 过了穿堂是后院，后院是两间厢房和三间堂屋，厢房依旧做仓库，环环和墩子住三间堂屋。 吃罢饭丈夫出门之后，二嫂待后院环环和西间芝儿的灯都熄了，就轻轻拉开院门，在门槛外放了一把笤帚，接着把院门虚掩了，回到自己的卧房。 几袋烟工夫之后，一个黑影轻步走到院门外，看一眼那笤帚，便轻推院门，门吱扭一响，闪身进到院内。

环环那阵其实还没睡，熄灯之后在床上躺了一阵，忽然记起白天洗的两件衣服还在后院的铁丝上搭着没收，因怕明晨露水再把它们打湿，就穿了鞋披了衣出门，走到铁丝前刚要收衣服，听见头道院门吱扭一响。 那晚是个有月的阴天，月不甚亮但能见度还好。 环环隔着穿堂门缝瞥见，门响之后有一个黑影闪进院子，顿时一惊：不是公公！ 她几乎立即作出了判断。 那黑影蹑手蹑脚向婆婆睡屋走时，环环马上断定：是贼！ 一定是去偷钱！ 环环知道，家里的保险柜就放在公公婆婆的卧房里。

她的双唇不由自主地张开，一声"抓贼呀"的呼喊马上就要冲出喉咙，就在这时，她的耳朵又捕捉到一句极低的招呼："快呀！"与此同时，婆婆的房门轻微地一响。 尽管那句招呼低微得几乎立刻就融散在夜空里，但环环还是辨出了那是婆婆的声音。 环环的身子陡然一震，婆婆这是干什么？那黑影是谁？ 惊疑和好奇使她不知不觉间悄步走到公公婆婆睡屋的后窗前，窗帘拉得严丝合缝，屋内无灯，窗隙里飘出的声音隐约模糊，迫切想弄清根由的环环，差不多把耳朵贴在窗框上了。 听到了，一种轻而单调的吱嘎声。 什么东西在响？ 环环一开始没辨出那声音的性质，但转瞬之后，一股血就涌上脸颊，滚热得烫人，她知道自己脸红了，她下意识地抬起双手想去捂脸，但手至半空又慢慢放了下去。 她明白了。 结过婚的环环知道床那样响意味着什么！ 被云层滤暗了的月光照着环环的脸孔，她的双唇愕然张开，久久未曾合上。 婆婆的一声呢喃和一句男人的低语从窗缝里钻出来，为环环的判断作了最后的证明。

环环知道她发现了什么，她不能再在这里听下去，她唯恐惊动了屋里的婆婆，悄步向后退着。 恰这当儿，头道院门外突然响起了公公那特有的伴着拐杖捣地的脚步声，随之大门咣当一响被推开，门开时响起了公公那嘎哑的抱怨声："娘的，睡下了也不把大门插上，想招贼呀！"边抱怨边插着门闩。

环环陡然停止步子：公公怎么这么快就回来了？ 她的心倏然一提，不知怎么的，她莫名其妙地感到恐惧和着急。

二嫂和实忠太欢乐了！ 短暂的倾诉之后便坠入了彻底的欢乐。 由于沉入欢乐太深，他们的听觉差不多丧失殆尽，根本没听到那由远而近的拐杖捣地的声音，直到院门咣当一声被推开，两人的身子蓦地一抖，二嫂惊恐地问："你怎么没有插门？""我忘了。"实忠慌慌地去抓衣服。"嗨呀，你，快！快从后窗跳出去，快！ 这是鞋！ 快！"二嫂飞快地撩开窗帘推开了窗户，但就在窗户推开的瞬间她骇极地低叫了一声："呀？！"

实忠没有理会她的那声低叫，纵身跃上了窗台，直到他跳到地上时，他才猛地发现，面前不远处站着环环！

他呆在了那里！

室内的二嫂只来得及把内裤穿好，丈夫就已把屋门推开了。

后窗还没来得及关上，窗帘撩在一旁。

二嫂僵了似的呆坐在床上，绝望地在心中叫：完了！

郜二东啪地拉亮电灯，电灯拉亮后，他没有注意到妻子的神态异样，只是发现后窗大开，于是埋怨了一句："睡了，怎么也不把窗户关上？"说着，就往窗前走。血全部从二嫂的脸上褪去，双颊白得如纸，她知道，后院的两间厢房也都是仓库，门上有锁，除了儿媳的住屋，就别无他处可让实忠藏身，如今这室内的电灯一亮，会把不大的后院照得清清楚楚，不论实忠躲到哪里也会让丈夫看见，全完了！让他发现了！他会怎样？大骂？大打？大闹？村人们会怎么笑？儿女们会怎么看？合作的新洋贞子知道了会怎么说？生意还做不做？这里还能住下去？天呀！……可令二嫂奇怪的是，郜二东隔窗向后院望了一刻后，却只说："睡时要把窗户关上！"二嫂一愣，他没发现？她战战兢兢地借帮拉窗帘在丈夫身后向窗外望去，不大的后院每个角落都在眼前，里边空无一人。

她的心倏然一松。

二东坐在床沿边脱衣服边骂骂咧咧地说道："娘的，今晚坠子书本来听得好好的，二楔子他们几个去酒馆里胡闹，非叫人家唱豫剧不可，结果人家把弦一夹，走了，弄得大伙儿都只好回家睡觉……"

二嫂含混地应了一句："天呀……"她一动不动地躺在床上，轻轻用手抹去额头上的冷汗。她在黑暗中侧耳倾听后院的声音，十几分钟后，当丈夫的呼噜渐高时，她听到儿媳住屋的后窗户响了一声……

十一

二嫂第二天早上推说头疼没有起床。她的头也的确又闷又重，昨晚她一夜没睡着，那事瞒过丈夫只让她感觉到了短时间的轻松，很快又生出了新的恐惧：她保守了半辈子的秘密因为一时大意全部暴露在了儿媳妇面前，她担心说不定一起床环环就会把这事传开去，让全村人和邻村人都知道！会的，环环会的！她明白环环内心里对她有气，那次环环因为墩子发病跑回娘家，自己去逼她回来时说的那些话，环环心里不可能不生气，不可能不恨我。她平日不敢同我犟嘴，是因为她怕我，如今她不怕了！她会借这事报复的！会的！

二嫂躺在床上恐惧地想象着：环环如何匆匆起床，起床后如何强忍鄙夷的笑意跑回娘家，对着她娘家妈的耳朵把那事描说一遍；她妈又怎样传给他们的邻居；他们的邻居又怎样在全村传扬给女人、男人们……到不了晌午，全村人就都会知道，堂堂的香魂油坊的女主人原来是个养野汉子的破鞋！她多少年来辛辛苦苦、小小心心在人们眼中形成的贤妻良母能干女人的印象顷刻便会瓦解，从今以后人们再不会尊敬自己。她捂住脸，想象着她在村中走过时人人翻着白眼指点脊梁的情景，一股寒气在周身弥漫。

她在床上一直躺到后晌，要不是芝儿说要去叫医生来给她看病，她担心在医生面前露出破绽更加难堪，她真还想躺下去。她起来走进油坊时一开始脸都不敢抬，她以为人们都已经知道了那事，后来见人们跟她问这说那口气仍如往常一样，她才略略平静下来。但她心里仍充满恐惧，她坚信儿媳迟早会作为报复武器把那事传出去，她不安地等待着那一天的到来，她在苦思冥想着对策，却终于什么对策也没想出来。

也就是从那天起，她对儿媳产生了一种害怕心理，十分担心单独面对她，只要一听见她的声音，她的脸就会倏然变红。但环环似乎是把那件事忘了，见了她仍像以往一样尊敬地叫"娘"。叫得二嫂不知所措心惊胆战直发慌。

日子就这样在二嫂的不安中缓缓数过去，一切都没有发生，渐渐地，二嫂的心归于平静。但二嫂平静之后还是有些惊奇：环环为什么不利用这个机会？

是一个晚饭后，丈夫和墩子、芝儿都去村里玩了，环环在刷碗。二嫂过去帮忙刷锅，她手拿一柄铁铲铲去锅巴时，环环把碗已洗完，二嫂低低地叫了一声："环环。"环环扭过脸："有事？""你没有把那件事说出去我会记在心里！""为什么要说出去？"环环的脸一红，头垂下。二嫂一愣，她没料到环环会这样反问。这当儿，环环又抬头望望她，急切而低微地说："娘，我懂得，你这辈子心里也苦。"说罢，转身出了厨房。

"哐！"二嫂手中的铁铲跌落在锅沿上，锅沿被打碎了一块，崩飞到了什么地方。 铁铲与锅沿相触的声响久久在厨房回荡。

二嫂手按锅台一动不动地站在那里，她觉出有一股暖而热的东西在胸中弥漫，一阵轻微的震颤在向四肢伸延。 她知道有泪水开始溢出眼眶，她想抬手去抹时，它们已经砸向了锅中，她静静地听着泪珠砸下去的声响。

她久久站在锅前……

十二

墩子又犯病了。 这次犯病是在睡觉之前，当时他正拿一瓶红墨水用毛笔在纸上胡乱涂着玩。 他倒下去的时候，墨水瓶跌地，溅了在一旁打毛衣的环环和二嫂一身一脸。 环环最先奔过去用手指掐住了他的人中穴，她已经有了经验。 二嫂无言地用毛巾揩着儿子嘴边的白沫。 当墩子终于醒过来把痴呆的双眼睁开时，环环和二嫂都已满头大汗。 她们吃力地把墩子抬上床后，便一前一后地去香魂塘边擦洗。 那夜月明星稀，塘水微波不起，婆媳二人默默地在水边蹲下，将水面弄碎。 油坊的工人们大都已睡下，只有一盘加班的石磨在响，四周挺静，塘边只有两人撩水的声音。

"环儿。"二嫂轻轻地喊。

"嗯。"环环扭过脸。

"你和墩子离了吧！"

啪。环环手中的毛巾跌落水面。

"一辈子太长了……"二嫂的声音像呻吟。

环环的毛巾在水中荡开，慢慢地向远处游去。

"再找个人，娘给你准备嫁妆。"

一阵清风轻拂那漂在水面的毛巾，于是便生出一圈一圈的涟漪。

"过年过节了，回来看看我，等于我还有个儿媳。"

"娘！"环环哽咽着扭身，抱住了二嫂的肩膀。

水中的月亮默望着水边抱在一起的两个女人，意外地眨着眼睛。

轰隆轰隆，加班的石磨还在轻声转动，一股夜风从油坊那边刮来，裹着一股浓浓的小磨油香。

扑通，一只青蛙从荷叶上跳下，钻进清澈的水中。

月亮仍在水中移，缓缓地……

一

1

廖老七从儿子怀宝三岁起，就开始教他识字。 这是廖家的规矩，孩子从三岁始就要"学写"，这倒不是因为廖家是书香门第有这种家教传统，实在是因为这是谋生的需要。 廖家的祖产除去三间草房和几床破被，就是一方砚台和几管毛笔，此外再无别的。 廖家几辈子都是靠在街上代人写点柬帖状纸为生，作为廖家的长子，不识字怎么能行?

这小怀宝倒也聪明，四岁时就能把"上下左右天地大小金木水火"等字，用他爹那杆狼毫毛笔在老刀牌香烟纸上写了，而且写得很有几分样子。 七岁时，便已能用小楷抄完《论语》。 九岁时，小怀宝已把常用的柬帖格式全都学会。 这时，廖老七出摊时，便把儿子带上，老七在前边一肩挂着那个装有笔墨纸砚的小木箱，一肩扛着那个窄窄的条桌走; 小怀宝则抱着一条歪七扭八的长条凳在后边紧跟。 父子俩到了小镇邮局门口，先将桌凳摆好，后把笔墨纸砚放开，再把托放在邮局门后那个写有"代写柬帖对联一应文书廖"的布幌在桌后的墙缝里插好，父子俩便在桌后坐了。 小怀宝就开始研墨，用长条的墨块在大石砚上一圈圈旋转，不一会儿就有乌亮沁香的墨汁从砚里洇出来。 这时老七就叫一声：宝，行了。 小怀宝也就住手，坐一边聚精会神地看爹写，同时用手指在自己的腿上跟着照样描画，偶尔也帮爹挪挪纸。 若是信封需要封上的，怀宝便伸出细细的手指，从一个瓶里抹些娘用高粱面打成的糨糊，小心翼翼地按爹交代的方法把信封粘好。 遇到一些简单的请帖，如"请过重阳节"和"订婚请媒人"一类的帖子，廖老七便放下笔，手捋着下巴上的短须说：宝儿，你来！ 父子俩就互换位置，小怀宝拈笔蘸墨，先问一声来人姓啥名谁所请何人，而后小嘴巴一鼓，低首便在信封和信纸上写：

光临　　　　恭雅　谨择十四日寒舍丁宅订婚洁治嘉筵

　　冰驾

丁振西鞠躬

大红叶冯老先生阁下

上乞

郑德忠老夫子　文几

十七日登高黄筋

光　候

　　　　梁洪生鞠躬

　　小怀宝每次写完，桌旁站的人看了，都要说声：好！ 怀宝这时脸就着得通红。 遇到来求写帖写联的人，不是立等就要的，廖老七就一边忙一边嘱怀宝：宝儿，把这位大叔要写的东西记下来！ 怀宝就摸出一个用旧纸装订的本子，把来人要写的内容和写讫的日期一一记下，而后收下润笔费。

　　润笔费不高。 有时父子俩一天不停地写下来，所得的钱扣去纸墨费用，只够买二升包谷，够全家人吃两天。 当然也有好的时候，逢到急等寄信的人或慷慨而稍有钱的顾客，父子俩的中午饭就常由人家买来，或是几个烧饼或是两碗面条，这就省下一小笔饭钱。 还有更好的时候，那就是大户们的"请写"，也就是富户们家里有事时把廖老七和儿子请到家里写字。 每逢这时，所得润笔费就比平日多出许多，而且父子俩可以饱饱地吃几顿。 但是，这样的好机会不多，怀宝记得最清的，是他十一岁那年到镇南头有两顷地的富户裴仲公的家里写字，整整写了三天，三天里顿顿可以吃到白馍、豆芽和猪肉，而且写完后整整得到了三斗包谷，使全家人吃了许多日子，更重要的是，他就在那次认识了裴仲公的小女儿妁妁。

那是怀宝第一次走进富人家里，真是开了眼界，第一次知道人竟可以住这么宽敞的屋子。裴家有三进院子，前院住的都是长工用人，中院住的裴仲公和夫人，后院住的是裴家老人和孩子，光是两个女佣住的那间屋子，就比他全家住的房子宽出一倍。写字桌就摆在两个女佣的房里。那次是裴仲公为大女儿举办婚礼请客，裴家的亲戚朋友真多，不说对联，光各式请帖就有几百封。怀宝那时已可正式执笔，父子俩一人一桌一砚，不停地写，不停地封，当然，中间，廖老七也暗示怀宝放慢点速度，以免少吃几顿饱饭。怀宝记得，在他们到裴家写字的第二天后晌，他正按爹给他的"婚娶喜联选"往红纸上写着"鸳妆并倚人如玉，燕婉同歌韵似琴""缘种百年双璧白，姻牵千里寸丝红"，忽听一阵轻轻的脚步声响进屋来。怀宝停笔抬头，只见一个穿粉红绣花衣裳的俊俏小姑娘正站在桌前，歪了头看他写好晾放在地上的喜联，边看边小声念着，念毕，抬头瞪了漆亮的眸子问：你们这是为我姐姐出嫁写的吗？廖老七这时认出这小姑娘是裴仲公的掌上明珠——小闺女妁妁，忙起身答：是的，小姐！那妁妁这时就又说：给我也写一副好吗？你呀？廖老七笑了，还早哪。 ——我是女的，也是要出嫁的呀，为什么不给我写？姁姁依旧坚持。 好，好，给你也写一副。 怀宝，你给姁姁也写一副！ 廖老七呵呵地笑了。 怀宝就按爹的话，看一眼那婚娶喜联选，为姁姁写了一副：双飞不羡关雎鸟，并蒂还生连理枝。 姁姁嫌一副太少，怀宝就又照着那喜联选上的顺序写了：且看淑女成人妇，从此奇男已丈夫。 怀宝刚写完，那姁姁就高兴地提着两副喜联跑出了门。

这是怀宝第一次见到姁姁。 姁姁给他的小脑袋里留下了一个聪明漂亮的印象。 不过，仅仅是一个很淡的印象，没过几天，他就把她和那两副喜联忘了。 他根本不曾料到，姁姁今后还会介入他的生活。 多年后，当他回忆旧事重想起那两副喜联时，他才意识到，那第二副喜联选得不当。

怀宝十二岁那年冬天，一直卧病在床的廖老七的爹也就是怀宝的爷爷去世。 这个为人写了一辈子字的老人是在傍黑掌灯时分咽气的，像所有知道自己要远走西天的老人一样，枯瘦如柴的怀宝爷爷在咽气之前，也要把自己在人世上弄明白的最重要的事理留给后代，他那刻望着儿子、孙子断断续续地叮嘱：……不能总写字……要想法子做官！ ……人世上做啥都不如做官……人只要做了官……世上的福就都能享了……就会有……名誉……房子……女人……钱财……官人都识字，识字该做官，咱写字与做官只差一步……要想法子做官……官……

廖老七和怀宝那阵子都含泪连连点头。

仿佛要证明老人的遗嘱正确，第二年廖家就被一场官司推入灾难之中。官司的起因很简单，镇公所长新娶一妾，让廖老七给写喜联，廖老七写的是：好鸟双栖嘉鱼比目，仙葩并蒂瑞木交枝。廖老七写罢喜联，又紧忙为另一丧家写挽联，喜联和挽联放在一处。也是不巧，镇公所长派人来取喜联时，廖老七和怀宝都不在家，派来的人不愿久等，就问怀宝娘哪一副是给所长家写的。怀宝娘不识字，就顺手指了摊放在那儿的对联说：你自己拿吧。不想那人也不识字，而且多少还有些呆，胡乱动手挑了一副八个字的对联就走，回去就贴，岂不知那是一副挽联，上边写的是：绣阁花残悲随鹤泪，妆台月冷梦觉鹃啼。所长一看就叫了起来，说这是故意毁人名声和家庭，当即告到了县法院。廖老七再三出庭辩解，法院仍判廖家赔款三十块大洋。可怜廖老七四处喊冤，终因原告是镇公所长而未得改判。廖家只好卖了两间房子把款赔上。廖老七因此气病在床，整整躺了一年。廖老七病好起床时含泪对儿子怀宝叹道：还是你爷爷说得对，只要有一点门路就去当官，这世道只有当了官才能不受欺负……

怀宝当时听了也不过是苦苦一笑，心想谁会让咱去当官？他那时根本没有料到，一个巨大的变动正在中国的土地上发生，一个重要的机会正向他快步走来！

2

他们知道那个变化的发生是在怀宝十七岁那年的一个午

后。当时，怀宝和他爹仍在镇街的邮局门口摆摊写字，怀宝那会儿正为一个哭哭啼啼的妇女写一状文，状告东唐村的村长。怀宝刚写一句："尊敬的橙州国民法院院长阁下"，忽听镇北响起一阵枪声，枪声中伴着汽车引擎响。眨眼之间，一长溜汽车便驶到了镇街北口，车上满是穿黄衣的国军士兵。父子俩见状慌忙搬桌拿凳躲进了邮局。两人隔窗看到，汽车队过去之后，是马队，马队过去之后是步兵，步兵过去之后是伤兵担架队，队伍松松垮垮吵吵嚷嚷却又走得十分急迫。人、车、马整整过了一天，他们父子躲在邮局一天没敢出门回家吃饭。直到第二天早晨他们才知道，国民党第五绥靖区中将司令王凌云放弃了南阳城防率兵逃往襄阳，这整个豫西南已成了共产党的天下。第三天，他们看到一队穿便衣的挎枪的人来到街上贴一张毛笔写的公告，公告上写着自即日起柳镇回归人民手中，镇上店铺商号尽可以放心开张营业等等，末尾署名是柳镇工作队长戴化章。十七岁的怀宝胆胆怯怯趋前看了那张公告后回家只给爹说了一句：那毛笔字写得太赖！

镇上店铺开始营业，怀宝家的摊子也照样摆了出去。摆出去的那个上午他们在写字桌前刚坐下不久，就看见三个挎枪的共产党人向他们走来，为首的一个膀宽腰粗二十六七岁，斜挂着的匣枪在屁股上一晃一动极是威风。父子俩第一次见共产党不免有些慌张，离老远就站起来点头哈腰着招呼：老总好！不要叫老总，要叫同志！为首的那个走上前来朗声笑道，与此同时伸手摸了摸怀宝的头说：小伙子，你的毛笔字写得挺好嘛！ 边说边拈起一张怀宝正写的帖子放眼前看着。 这时候怀宝闻见了从三个人身上飘过来的汗酸味和刚吃了蒸红薯的那股甜味儿。 这熟悉的味儿让他对这些人的胆怯消去了许多，于是就开口说了一句：你们要是有什么写活叫我干我可以帮忙！ 是吗？ 那为首的习惯地摸了一下屁股后的匣枪，饶有兴趣地看着怀宝，同时把手中捏着的帖子递给同来的那两个人说：你们看看这字！ 那两个人看了一阵之后差不多同时点头说：队长，是不孬！ 怀宝这时才明白眼前站着的是共产党工作队的队长戴化章。 你们家有几间房子、几亩土地？ 戴化章忽然转向廖老七问。 回老总，地没一分，只有一间草房。 廖老七毕恭毕敬地答。 噢，这么说是属于城镇贫民。 戴队长转向他的两个队员点头，然后就拍了拍怀宝的肩头说：小伙子，我们是一个阶级，愿不愿出来跟我们一起干？ 怀宝被"阶级"两字弄得有些茫然，问：干啥子？ 就是来镇政府干呀！ 我们正在筹建柳镇人民政府，正缺人才，你来当个文书，如何？ 戴队长又摸了摸怀宝的光头，动作中带着亲密和信任。 不，不能呀，老总，廖老七慌了，全家人还指望他挣钱糊口哩！ 戴化章哈哈笑道：你以为当文书就不能挣钱糊口了？ 共产党能叫人饿死？ 你知道镇政府的文书是什么？ 用一句旧话，就是官！ 懂吗大伯？"官"！

　　这最后一句话起了决定性的作用，中国所有的老百姓都知道这个字的含义。廖老七和怀宝自然更懂，听懂了之后他们又有些吃惊：共产党的官就这样好当？

愿不愿干，小伙子？那戴队长又拍了拍怀宝的肩膀，有一种即刻要走的意思。

愿！怀宝尽管心中还有疑虑，但答得十分干脆，一种要改变自己穷困生活的潜在愿望使他本能地觉得，不应该丢掉这个机会。

那好，明儿上午你去镇公所找我！戴化章摸了摸匣枪就转身走了。

答得对！廖老七对儿子的表现很是满意，只要是官我们都当！

怀宝那刻扯了扯自己的耳朵，他对自己这选择是吉是凶是福是祸还心中无底。许多年后当他回望这一天时，他才明白这其实是他命运的转机，他能抓住这个机会并不是凭他的智慧、知识和对局势的分析，他凭的是本能！

有时对本能做出的选择也不能看轻！

3

新政府正急需用人，廖怀宝不仅识字而且字写得漂亮，就被看成了宝贝，他去见戴化章的当天，就被任命成柳镇人民政府的文书。

文书这个官当起来并不是太难，怀宝很快就胜任有余，无非是抄抄报表，发发通知，写写布告，一点也觉不出吃力。 戴化章这时已是柳镇的镇长，他很满意怀宝的工作，见了面常拍拍他的头说：小伙子，干得不错！

怀宝现在常住在镇政府院里值班，那架手摇的直通县上的电话就由他守着，铃声一响，他便恭敬、肃然地拿起听筒，把县上的通知、通报什么的用毛笔在本子上工工整整记下，而后呈送镇长。 逢到有人来找镇长办事而镇长不在，他便抻抻衣襟很庄重很严肃地出面接待，而且开口说话前必学戴镇长的样子，先咳嗽两声，然后再开腔。

街上的人都已知道怀宝在政府里做事，平日见他时，眼里就多了不少恭敬和畏怯，怀宝发现后心里就很舒服，对戴化章就生出更多的感激，就在心里暗暗发誓：一定要干得让镇长满意！

廖老七见儿子果真当上了镇政府的官，心里的那份高兴更不用提。 他一家人平日都穿土布，那次他上街到布店一下子扯了一丈四尺蓝士林布。 布拿到家怀宝娘吃了一惊，问：你是不打算过日子了吧，一次扯这么多洋布，这要花多少钱？ 廖老七把手摆摆说：少啰唆，快动手剪，给咱怀宝做身官服！ 他如今是官场上的人，不能再穿咱百姓的衣裳，干啥啥装扮，不的话会遭人笑，他也难有个官气魄！ 怀宝娘一听这话，也不再争执，只问：剪啥样子的？ 廖老七沉吟了一下说：要依我自个的眼光，大清朝的官服最威风，可一个是咱没那布料，做不起；二个是戴镇长都没穿那样的，只咱怀宝穿，也太惹眼；我看你就照早年同咱打官司的镇公所所长的那身官服剪，那样式穿着也行！

怀宝娘于是拿起剪子，边想边剪，接下来就是缝，几天后，一身崭新的介乎马褂和中山服之间的一种衣服就做了出来。

怀宝脱下原先打补丁的那身旧裤褂，穿上这身新衣服，果然就长了不少精神。因为衣服板正，他走起路来胸也挺得更直。廖老七看见就说：行，有点像个官人的样子了。

长期为人代写柬帖状纸，使得怀宝懂得看人眼神面色行事，变得十分乖巧。如今对戴镇长，他也极会察言观色揣摩他的心态，把事情做得让对方满意。戴镇长喜欢发表演讲，怀宝就暗示镇上的中学校长多请戴镇长去给学生们讲话；戴镇长喜欢读史书，怀宝就去镇上早先的几个富户家搜罗古书；戴镇长喜欢让自己的讲话家喻户晓，怀宝就常用粉笔把自己记录下的镇长讲话抄在镇政府门前的黑板上。在生活上，怀宝对镇长也照顾得颇周到，早上起来，他总要把洗脸水给戴镇长打好；晚上睡前，又总是把戴镇长的被子抻开；逢了开会，戴镇长刚在座位上坐下，怀宝便把他的茶杯泡了茶放到了他的面前；过节时怀宝家包了饺子，他也总要给戴镇长端来一碗，一来二去，戴镇长就越发喜欢怀宝。有天晚上，戴镇长拍拍怀宝的肩膀说：好好干，将来会有更重要的担子交给你。我们正在建立一个崭新的政权，这个政权需要许多新干部，知道什么叫干部吗？干部就是"官"，但我们的官将不会同于中国历史上任何一个朝代和世界上其他国家的官，这些官一个个清正、廉洁、有才，全心全意为平民百姓做事、谋利益。 我们中国吃昏官、贪官、赃官的亏太多了，我们要有一大批全新的官……

怀宝对戴镇长大部分话听不太懂，但有一点他听懂了：中国需要许多官，自己有可能当再大一点的官。

那天晚上他回家把自己听懂的意思给爹讲了，廖老七听后两眼放光，抓住儿子的手说：好呀，你娃子遇上好年代了！ 听你老爷讲，咱们廖家祖上只有一位爷在明朝时当过一任乡官，其余的都是布衣百姓，如今该你为咱廖家光宗耀祖了！ 好好干，千万不能大意！ ……

二

1

新政权对富户们资产的清抄工作正在进行。 那日镇上清抄大地主裴仲公的家时，戴镇长让怀宝去负责登记。 这是他又一次走进裴家大院，这次和过去不同的是，他再无了那种缩头缩脑唯恐惹了主人不高兴的胆怯心理。 他昂首走进中院，看见抄出来的各种物品山一样堆放在那里，也看见了裴家一家人战战兢兢立在院子一角的情景，更看见了裴仲公那颗掌上明珠姁姁。 姁姁已长成了一个身个苗条的漂亮姑娘，正用胆怯而惊慌的目光望着他。 这景况让他确实感受到了一种翻身的自豪，他想起了他过去来裴家代写帖子时的那份恭敬和惊恐，以及看一眼姁姁都怕对方着恼的那种心情，更觉得解放军把权力夺过来交到像他这样的穷人手里实在重要。

他煞有介事十分威严地坐在一张桌前，在另外几个农民的帮助下清点登记各种物资。登记好的东西，便送进没收来做镇政府仓库的裴家厢房。干了一阵当几个农民去前院喝水时，怀宝忽然听到身后响起一个胆怯而柔细的声音：廖文书，能不能把那一小包衣服还给我？那是我的内衣，拿走了我连换洗的衣服也没了。怀宝闻声扭头，看见姁姁正站在自己身后，白嫩光洁的脸上满是胆怯和恳求。怀宝被姁姁那神情弄得慌慌起身，他几乎没想到拒绝，便顺她手指的方向去物品堆上把那卷红红绿绿的衣服拿来递到了姁姁手上。在递过去的瞬间他闻到了从那卷衣服中散发出的一种好闻的香味，同时瞥见了放在最上边的是一件粉红的裤头，他心里陡起一阵莫名的激动，同时感觉到自己的脸已经红透。姁姁把衣服接到手后鞠了一躬，感激地说了一声：谢谢！这一切是在几分钟内发生的。到了当晚怀宝躺在床上重忆这件事时，心里满是一种甜丝丝的感觉。姁姁那光洁的脸、红润的唇、白嫩的颈、幽幽的眼，总在他眼前晃，那卷红红绿绿的内衣散发出的香味仿佛还留在鼻腔，使得他在床上翻了无数个身才算勉强睡着。

自这天以后，不由自主地，只要一有了空闲，怀宝就往裴家大院跑。好在他往那里跑还有借口，那时候裴家已被指定在前院的东厢房里住，剩下的房子或是做了镇政府的粮食、物资仓库，或是做了农会、民兵们的办公处，他要么借口去仓库里有事，要么借口送什么通知。每次跑去的真正目的，则是想看一眼姁姁。姁姁的父亲这时已潜逃在外，哥哥去了嫂嫂家居住，姐姐也回了婆家，家里只剩了她和有病的母亲以及一个五十来岁的女佣。怀宝去时，开头几次见到姁姁，也只是红着脸点点头，不好意思说话；后来去的次数多了，加上那次看见姁姁挑水时把水桶掉进井里，他急忙跑过去相帮着捞，两人边捞边说些话，原先存在二人心中的那份拘谨就消了。以后再见面时，姁姁也不再胆怯地喊他"廖文书"，而是喊他"怀宝哥"。他也敢直呼她的名：姁姁。只是每次都叫得很轻很轻。

姁姁家的生活此时已是一落千丈，吃的和用的都见紧张，姁姁的母亲有时看病开了药单，姁姁却又无钱去抓药，就急得捧了药单哭，怀宝知道后，总是把自己身上的钱朝姁姁手里塞几张。姁姁对这接济很感动，每次接了钱都是双眼含泪。姁姁家这时在镇上的地位更是低了，姁姁有时上街，常会遭到一些泼皮酒鬼的纠缠。那日她去杂货铺里称盐，遇上一无赖店员，趁往她篮里倒盐的机会捏住她的手腕嬉笑，姁姁羞得连叫：放开！放开！那店员竟仍捏住不丢，嘻嘻笑着说：嗨，看看你长得白不白，怎么，你这地主的千金小姐，我们就看不得了？恰好这时怀宝由街上经过，见此情景，上前朝那店员叫道：住手！你还要脸不？！那店员一见怀宝，知他是镇政府当官的，不敢回嘴，赶忙讪笑着进了里间。 如此一来二去的接触，姁姁渐渐就也离不开怀宝了，偶有一天见不到他，就有些神不守舍，再见了面必问：昨日咋没见你？ 那日，怀宝在裴家大院仓库里收拾东西，出汗时就脱光了上衣。 这情景让姁姁看见，第二天两人再见面时，姁姁就朝怀宝手里塞了一团东西，怀宝展开一看，是一件手做的白布汗褐，胸口那里还用红线绣了一对蝴蝶，看了那对头相接翅相连的蝴蝶，怀宝美得嘴里直咽唾沫。 那晚他回家穿上汗褐，高兴得在屋里转了几圈。

此后，两人见面愈加频繁，姁姁甚至把自己住的那间厢房上的钥匙悄悄给了怀宝一把。 一日正午歇晌时间，天热，院里无人，怀宝过去开了姁姁的门，原想进去说说话的，进门后才发现姁姁穿着短裤背心仰躺在床上熟睡。 怀宝惊得本想回身就走，但姁姁那雪白的半裸的身子却又吸得他挪不动步子，他脸虽扭向门口，双脚却像被人绑了绳子一样一步一步向床边拉近。 这是他第一次观察姑娘的睡态，原来睡着了的姑娘竟是如此美妙，那白嫩浑圆的大腿，那微凸起伏的小腹，那饱满如梨的双乳，那被背心压扁了的状如樱桃似的两个奶头，那白玉一样的臂膀，那轻微闭合红红润润的双唇。他的目光像舌头一样把姁姁的身子舔了一遍，他感觉到自己的呼吸开始变急变粗，一阵哆嗦从双脚升起并停在了两条小腿上。 他咽了一口唾沫，双手不自觉地慢慢抬起，像捉一个即将惊飞的小鸟一样向一个乳头伸去。 他只轻轻地触了一下，一阵快感就像虫一样地沿着胳膊爬向了他的心里。他刚要再去触第二下，姁姁醒了。她的眼睛在睁开的那一瞬间，满是惊恐，及至看清是怀宝，又放心地笑了，她这个安恬的笑，一下子消除了怀宝的胆怯，给了他极大的鼓励，只见他像久饿的饥汉见了馒头一样，猛地伸手朝那两个乳峰攥去。姁姁没有半点挣拒，姁姁说你别慌干脆让我把衣服撩起来。他没理会，他只是把那两团东西抓得很紧，以至于疼得姁姁的眉心一耸，随后就见他三下五去二撕开了那件背心，把嘴伏了上去。他吸得很响，像那些饿极了的孩子一样，姁姁红透了脸呻吟似的说道：轻点，别让俺娘听见。怀宝哪管这个，吸溜声更响更大，像吃西瓜，姁姁只好不再管他，只把眼睛闭了。当怀宝的双手去撕姁姁的紫红短裤时，姁姁有些惊慌地睁开眼来，两只手急急地去护，口中喃喃地求道：怀宝哥，不行，晚点了再来，行吗？行吗？但怀宝那刻哪能听见这话，只一个劲地忙着。姁姁的恳求最后被那声撕疼的哎哟弄断，此后，她便又合了眼，一任怀宝去忙了。

当怀宝终于做完，喘息着坐在床上看着赤条条柔顺地躺在身边的姁姁时，心中生出一股从来没有过的满足和自豪：我的天啊，要在过去，一个有两顷土地的富翁的女儿，怎么可能归我呢？老天爷，我廖怀宝知足了！

那天临走前，他一边给姁姁穿着衣服一边附在她耳边说：我要娶你做老婆！……

2

如今，廖家的境况已与往日大大不同。有了房——分得了一家董姓地主的三间堂屋；有了地——分到了三亩休耕田；重要的是，因为怀宝在镇政府做官，廖家在镇上的声望地位高起来了，廖家人外出走在镇街上，满街的人争着打招呼。

廖老七如今是再不低三下四去街上代人书写柬帖状文了，除了在地里忙活之外，就是拉了小女儿在街上悠闲地溜达，再不就是在院子里哼几句戏文。他还特意让木匠做了一把黑漆太师椅，他认为这椅子气派，作为一个官人的父亲，坐这种椅子才合身份。每到傍晚，他便把太师椅搬到院里，沏一杯茶，仰靠在太师椅上给小女儿讲古时皇亲国戚们的各样故事。

日子开始变得有滋有味起来。

一天晚上，廖老七正坐太师椅上品茶，忽见东街的刘顺慌慌提一个竹篮进院来，到他面前扑通一声就跪了下去带了哭音说：廖老哥救我，他们要把我定为中农，我家的境况你该知道，下中农都够不上啊！这定了中农，以后就和你们不是一个阶级了，求你让怀宝侄替我说句话吧……廖老七在最初一刹那有些愣怔：他活这么大岁数，还从来没有人朝他跪下过求情哩！过去，都是他朝别人下跪，当年为那场笔墨官司，他曾跪求过多少人呀。在这刹那愣怔过去之后，他心里感受到了一阵从未有过的满足：我廖家到底也可以让人求了！ 他缓缓起身，弯腰扶起了刘顺说：都是兄弟，快起来，有话好说。

那晚刘顺临走时，把竹篮里装的礼物掏了出来：三斤白糖，一斤洋碱，一丈五尺花洋布，一小坛黄酒，一包信阳毛尖茶，五盒大舞台香烟。 廖老七看着那些礼物，嘴上说着何必破费，心里却着实又惊又喜：送这么多东西啊！ ——这是他第一次接受亲友之外的人送的礼物。

第二天头晌怀宝由镇政府回来时，廖老七把那些礼物指给了儿子看：这些东西，要在过去，我们得为人写多少对联书信才能挣来啊！ 今儿，咱们不费半点力气就得了来，是因为啥？ 是因为你是个政府里的官，你手上有权，你能为人说话办事。 所以你要记住，今后啥东西都可以丢，唯有这官不能丢！ 懂吗？ 丢了别的，只要你是个官，还都会再弄来……

怀宝那天无心去听爹的训教，他心里有事——他回来是要同爹商量娶妗妗的大事。 待爹的话告一段落之后，他才找到了开口的机会，说：爹，我该找个人了。

找人，找啥人？ 廖老七一时还没从自己思考的事情中拔出身来。

老婆，如今叫妻。

哦，廖老七略略有些意外地看了儿子一眼，不过随后就笑了，可不是嘛，该找了，前几天我和你娘还在说这事哩，你有没有相中了谁？

妁妁。

妁妁？

就是裴仲公的小女儿。

噢，我想起了。嗯，那姑娘的相貌是不孬，日后生的孩子也会仪表堂堂，行，你还有点眼光。这裴家的千金，在过去，你要没有一顷两顷田地，是甭想娶她的。如今她家虽说败了，但虎死威不倒。我们娶了她，别人也会说：看，裴家的漂亮小姐跟了廖家儿子。这也是一份荣耀。中，这门亲事中！再说如今她虎落平阳，要的嫁妆也不会多，到咱家也会听招呼，只是，她会不会不愿？

她愿。

托人问过她了？

问了。

好，这就好，我和你娘这就为你们着手准备，咱先行个订婚式，再择喜日子，反正你的年岁也到了，早成婚早得子早得济……

怀宝没有再去听爹的话，他只是在心里快活地叫：妁妁，爹同意了，同意了，咱们就要名正言顺地做夫妻了！……

3

夜色把裴家大院捂得严严实实。怀宝轻轻拉开妁妁的门往外走时，屋里的黑暗和院中的夜色很快融在了一起。 怀宝放心地舒了一口气，放轻脚步向大门走去。 直到这时，他才感觉到腰部那儿微微有些发酸，两条腿在迈动时略略嫌沉，他估摸这是刚才和姁姁连续三次做那事时间太长的缘故。 他今晚原准备来同姁姁说完订婚酒席安置的事就走的，可一见姁姁在灯下那副娇柔美艳的样子，他就忍不住了，就不由分说地动起手来。 好在姁姁在经过那个正午的第一次之后，对他已经完全顺从，他要做什么她都羞笑着依了，要她怎么躺她就怎么躺，还时不时地帮帮他，使得他越发激动。 本来做完第二次他已经准备要走，已经穿好了衣服，可一看裸身猫一样躺在那儿微微笑着的姁姁，他又舍不得走了，就又宽衣解带起来。 只是在这时，也只是在这时，姁姁才柔柔地说了一句：好像俺明儿就不是你的了，你不怕累？ 他说了一声我不累，就又扑了过去……

街道有些高低不平，他走得有点跌跌撞撞。 他觉出有一股睡意想缠住他的头，在把他的上下眼皮往一起挤。 他在睡眼蒙眬中忽然记起，很久之前他曾在这街上听到过两个光棍汉的对话，一个说：我要是娶了老婆，一夜非干十回不可；另一个说：我要是有了老婆，保准会超过你五回！ 他当时听不明白他们说的几回几回是什么意思。 如今明白了。 他满是倦色的两颊在黑暗里浮上了一个笑意。

女人真是宝物！ 他含混地嘟囔了一句。 他的眼前再一次浮出了姁姁那雪白柔软的胸脯，她竟可以把你带到那样一个快乐的境地。　姁姁，我发誓，我要跟你永远在一起!

　　戴镇长还没睡，仍在灯下读书。　怀宝进屋时他扭头招呼
了一句:回家了?　怀宝应了一声，急忙抖擞起精神，上前给
镇长的茶杯里续点开水。　他和镇长住里外间，镇长住里
间，他住外间，他往外间走时，忽然想起，摆订婚酒席时，
该把镇长请去。　凭自己和他的感情，他兴许会答应参加的，
他一到席，也给自家添了荣耀。　于是就开口说:镇长，过几
天，我想请你到我家喝酒。

　　喝酒?　你应该请我抽烟。　我对酒一向缘分不深。　戴镇
长笑道。

　　可这杯酒你该喝。　这是我的订婚酒。

　　订婚?　嗬，你找到对象了?　是哪家的姑娘?

　　怀宝于是就说了姁姁的名字，说了和她相识的过程，说
了她的家庭，当然，两人亲热的事是要隐了。　先上来，他注
意到戴镇长满面笑容地听着，但渐渐地，他发现对方脸上的
笑容在减少，到末后，竟全是一副肃穆之色了。

　　怀宝的心一紧，本能地感到这事情哪点有了毛病，他有
些慌慌地看着镇长。

　　怀宝，这件事你应该早告诉我。　镇长的声音很沉。　你
如今是政府里的一个干部，像这样的婚姻大事应该先报告领
导知道。　姁姁那个姑娘我有一点印象，看上去是个不错的姑
娘，但她的家庭属于我们的敌对营垒，同我们不是一个阶
级，在政治上她不适宜同你结婚!　我还要特别告诉你，我们

已经准备提升你为副镇长，名单已经报到县里，估计不久就要批下来，这种职务对你配偶的家庭出身要求得更为严格。这倒不是说妁妁就会搞什么破坏，而是担心她以妻子的身份来软化你的立场。 当然，你的生活道路归根结底要由你自己来选择，你还不是共产党员，我们不会用纪律来要求你，只是你如果选择妁妁做妻子，你就不能再在这镇政府当干部了！

怀宝愕然地望着镇长，他根本没想到一个人娶谁做老婆也要由领导决定，没想到娶妁妁和当官只能二者取一。 他嗫嚅着说道：让我想想……

那天晚上他基本上没有睡着，娶妁妁和当副镇长，两样东西都是他渴求的，如今生生要他丢掉一样，丢哪样他都不舍得。 不娶妁妁？ 不！ 一想到妁妁那柔嫩丰腴的身子不再属于自己，他就心如箭穿，他不能想象别的男人去触摸妁妁的身体，那种想象会使他的双腿打起哆嗦。 那么不当副镇长？ 不！ 廖家世代都当百姓受人欺负，可有了一个做官的机会再白白放弃？ 放着人人尊敬的官不做，难道再去低三下四地为人代写柬帖状文不成？ 两条路由他的脚下向远方伸展，他真想两只脚各踏上一条路同时往前走。 天亮的时候他合了一会儿眼，几乎刚一合眼就沉入了一个梦里：一叠巨大的台阶竖在眼前，台阶顶端隐约可见放有一把椅子，椅子闪着耀眼的金光，椅子上放着一身缀满饰物的衣服，一个空洞而巨大的声音正对站在台阶底部的他叫：孩子，上吧……

4

廖老七吧嗒着烟锅望定双手抱头蹲在那儿的怀宝，脸上的皱纹在不停地聚拢波动，不过随后又慢慢舒展，终于完全静止不动。 刚才，儿子刚说完戴镇长谈的那番话之后，他也有些吃惊：一个人娶谁做老婆竟也需要他的上级同意？ 不过他很快就在娶姁姁做儿媳和让儿子当副镇长这两桩事上做了权衡，并决定了取啥舍啥。 他慢腾腾地开口说：宝儿，既是戴镇长说了这两桩好事你只能选一件，那你就狠狠心选吧，爹相信你会选对的。 爹只想给你提一个醒，就是有些东西丢了后会永不可再得，有些东西今儿丢了明儿还会再有。

怀宝娘那当儿就急忙插嘴说：当然是要娶姁姁，丢了这姑娘不娶，人家要是找了婆家，你上哪儿去找个姁姁？

放屁！ 廖老七狠狠瞪了老伴一眼。 没有裴姁姁，不会再娶个刘姁姁、张姁姁？

那可不一样，那不是一个人！ 怀宝娘大着胆子顶了丈夫一句。

不都是一个女人？ 廖老七的脸气白了，脱了裤子不都是一样？

说这话你不嫌脸红！ 怀宝娘的脸先红到了耳根。

好了，好了！ 怀宝这当儿赌气地打断二老的争执，站起身钻进了自己原来的睡屋里。

怀宝在睡屋里整整蒙头躺了一天，傍晚时才走出门来。

一直不安地守在外边的廖老七那当儿小心地说：让你娘给你做点吃的吧?！ 晌午那阵喊你你不应，饿了一天——

爹，你去说吧！ 怀宝没理会爹的话，而是眼望着屋角，突然开口这样说。

廖老七先是一怔，不过转瞬间就明白了，于是问：是找妗妗?

话要说得不伤她的心。

这我懂！ 只是我去时心里要有个底，你给我说句实话，你和她有没有做了那种……

怀宝红了脸咳一声算做回答，而后就急忙出门去了镇政府。

那天天黑之后，廖老七提了一篮鸡蛋，鸡蛋上盖了两块花布，向裴家大院走去。

妗妗一见廖老七进屋，慌得急忙让座端茶，她内心里已早把这老人当作了自己的公公，她估摸老人来是同自己的妈妈商量订婚酒席的事，于是就红了脸说:俺妈身子不好，已先睡下了，我去叫她——

不用，不用。 廖老七急忙摆手。 我是来给你说桩事的。 这两天我原本正忙着为你和怀宝置办订婚酒席，今儿后晌才得到消息，政府里不让咱两家结亲，说要是结了亲，怀宝就错了立场，就不能再在镇政府干了！ 要挨处分！ 怀宝的心意，当然是宁可不做那个官，也要和你过一家人，他说不行就和你一起去逃荒要饭。 他让我来问问你是咋想这事的。我倒赞成他那想法，反正咱祖辈子没当过官也活过来了，不当官有啥不得了的，人有了好前程怎么着？到头来还不是个死？我如今是担心你和怀宝真要出去逃荒要饭，我和宝他娘就说凑合着活几天作罢，可你妈她一个人咋过日子？你心里咋安排这事？

见了公公满心欢喜的姁姁，被这番话说愣吓呆在那里，她根本没想到未来的公爹带来的竟是这样的消息。长长的一阵呆愣之后，她才能让自己说出话来，她的声音虽然抖颤，却也清晰：大伯，怀宝和你的心意我记下，可我不能毁了怀宝的前程，一个男人有个好前程不易，要是因为我怀宝把前程毁了，我会一辈子活不安生，告诉他，让他把我忘了……

一缕满意和欢喜闪过廖老七的嘴角，不过只是一闪而已，随后他就又愁着脸痛着心说了许多安慰的话。当他终于走出姁姁的房门时，他听见姁姁压在喉咙里的哭声到底放了出来，不过很低，他估摸她是扑在被子上哭的。他停了一下脚，摇摇头，仰脸向了天喃喃道：这也是没有法子的事，俺们廖家几辈才有这一个做官的机会，俺们不能丢哇！……

5

怀宝任副镇长的决定是在一个日头将熄的后晌宣布的。镇民们噼啪的掌声和同龄年轻人惊羡的目光令怀宝感到了一种由衷的自豪。不过一团不安总塞在他的胸口，弄得他有些难受。他知道这是因为对姁姁的背弃，他从内心里感到对不起她。 但我没有办法，妁妁，水往低处流，人往高处走，我们廖家在官场里占个位子可不是常有的事！ 任命宣布的当天晚上，他把镇政府的通信员双耿叫到屋里——双耿小怀宝两岁，是一个穷庄稼人的孩子，为人很实诚。 小时候怀宝就常和他在一起玩，解放时两人又先后进到镇政府做事，彼此很知心。 怀宝对双耿说：我过去和爹卖字时认识了裴家母女，如今她们日子过得很难，她们虽和咱不是一个阶级，终也让人可怜，你日后要悄悄给她们点照顾，经常观察着她们的生活情况，这事你知我知就行了。 双耿当时就点点头应道：中，这事你放心就是。

　　这样一个安排使怀宝心里的那团不安慢慢变小，他开始把心思全转到工作上。 他因为识字和聪明，加上肯学习，很快把一个副镇长要懂的东西全都弄懂了：如何下去检查工作，怎样向上级汇报；如何开会传达上级文件，怎样组织人们讨论；如何接待上级领导，怎样写总结报告；等等。 一个基层政权的领导干部应懂的那一套，他没用多久便已掌握。

　　爹说得没错，有了官果然就有了一切。 如今，他们家的许多事情几乎不用操什么心，就能很容易地办妥。 镇上新成立的粮管所的所长跑到家里，请廖老七去当了会计；供销社的经理让怀宝妈去当了仓库保管员；识字不多的妹妹，也被请到镇办小学教书。 更使怀宝意外的，是副镇长这个职务给他自身带来的东西是如此之多，先不说镇上人对他的那份敬畏，不说大姑娘小媳妇们对他的那份献媚，单说生活上的那份舒适吧：早上起来，镇政府食堂的厨子已把饭菜送到了他的床前；上午开会，椅子、茶水也早有人摆好；后晌要是去稍远一点的地方检查工作，镇政府的那辆马车就会立刻套好在门口等着。 这些对于从小受人白眼遭人欺负饥一顿饱一顿的怀宝来说，真等于上了天堂。 人的生活还能怎么样？ 每当他想到这些，他就觉着当初自己在要妁妁还是要副镇长这个职务时选择后者是对的。 当然，对于妁妁，他也不是一点不想，每到夜深人静他躺到床上时，妁妁的身影就会站在床前，而且总是裸着身子，把双乳挺得好高好高，似乎要特意引他回忆他们过去在一起时的那些美好时光。 那些令人心荡身颤的一个个细节的回忆，总要把他弄得燥热激动而又痛苦不堪。 有些夜里，他受不了那份可怕的欲望折磨，真想起身就去找妁妁，但至多是走到镇政府门口，凛冽的夜风就会使他冷静下来，使他强抑下那股冲动而返回到副镇长的宿舍。

他只能从双耿那里了解一点妁妁的近况，自从爹和妁妁谈了之后他就再没有见过妁妁，所有可能与妁妁见面的机会他都没有利用。 他自觉心虚，他害怕面对妁妁的眼睛，他担心在妁妁面前很难掩饰住他那个宁可抛弃一切也要在镇政府干的决心。 双耿对妁妁情况的汇报倒也及时。 开始那一段，双耿总是说，她常常在哭。 她总是呆坐在那儿。 她扑在她妈妈怀里抹眼泪。 她老在镇边的河堤上转悠。 她不大讲话……怀宝听了这些心里也暗暗难受，他知道这都是因为什么。 又过了段日子，双耿汇报时话音轻松了许多：她开始到留给她和她娘种的那块地里干活。 她愿意和邻居的姑娘们来往了。 她开始进街上的店里买东西。 她和她娘说话时带了笑意……

到这时，怀宝心里也才慢慢轻松起来。 她到底也能承受了这场变故。 姁姁，原谅我，生活中的好东西很多，我们每次能拿到手的看来也就一件，总要有所舍弃，这没有办法……

<h1 style="text-align:center">三</h1>

<h2 style="text-align:center">1</h2>

秋天的一个潮湿的上午，县上突然来了一个电话，让戴化章即刻赶到县城，说有领导召见。 第二天戴化章从县上回来，见到怀宝的第一句话是：我要走了。 去哪里？ 怀宝有些意外。 上级调我去任县委书记兼县长。 戴化章的声音里浸着肃穆。

怀宝一怔：那这儿谁来接替你？

我已经提议，我离开柳镇以后，由你接替我的职务，我相信你会不负柳镇人，让这儿的百姓们生活幸福。 我们的人民需要大批好官、清官，我自信我的眼睛看人准确，你会成为一个柳镇人喜欢的官！

怀宝吃惊地嗫嚅道：我咋能行？ 欢喜和恐慌同时涌进怀

宝心里。 当镇长，主宰这镇上的一切，这个欲望是早就在怀宝心里悄悄滋生了，只是这欲望还很小很模糊，如今却突然就要变成现实，他能不欢喜？ 但恐慌却也是真实的，他过去都是在戴化章的指点下去干，干什么，怎么干，预先有人交代，今后全靠自己来，能行？

怎么不行？ 你现在不是已经学会当副镇长了吗？ 不管什么样的事，只要认真学，都可以学会！ 戴化章望着这个自己一手培养起来的干部含笑鼓励。 当官无非是三条：第一，有一颗为百姓谋利益的心；第二，有点子，知道自己该先干啥后干啥；第三，会用人，知道一件事派谁去干合适！ ……

怀宝急忙点头说对。

此后几天，便是怀宝陪着戴化章到镇上各个部门告别，同时，两人也一同办着交接手续。 所有这一切都办完的那天晚上，两人在办公室坐下喝茶，双耿进来给他们续水时，脸红红地吞吞吐吐说：两位领导都在，我有一桩事想求你们同意，我要结婚！

结婚？ 好呀，新娘子是谁？ 戴化章笑问。

是妁妁，裴妁妁！ 双耿低了头扭捏着答。

哦？ 怀宝惊得差点跳起来，身上的血一下子冲到脑门上，幸好他坐在灯影里，双耿没看出他的失态。

你如今是镇政府的干部，和地主家庭出身的姑娘结婚，恐怕于你不好！ 戴化章这当儿开口，同时看了怀宝一眼，那意思仿佛是说：看，又出了这种事。

我反正是喜欢上姁姁了，领导要是觉着我和她结婚后不适合再在镇政府做事，那我就还回家种地，我们家老辈子都种地。 双耿的语气里透着坚决。

走啥子路由你自己选择，你要是一定要娶她，我和怀宝也没办法。 戴化章遗憾地摊了摊手。

怀宝那刻虽然望着双耿，目光却早已像沙一样地四散开了，他只在心里后悔：当初不该安排双耿去照应姁姁的，那样，他也就无从去接近姁姁并生了娶她的心！ 一想到姁姁有可能躺到双耿的怀里，他心里就别扭得难受。 你既然已经决定不要她了，为什么还不愿人家嫁人？ 他心里的那股难受被自己的这句责问最后硬压了下去。

他勉强用一个微笑送双耿出了门。

戴化章是第二天去县上赴任的。 送走戴化章的当天傍晚，怀宝慢腾腾地在街上踱步，整个柳镇从今往后就完全归我管了！ 那些商店、饭馆、旅栈，自己有权指点他们怎么经营；这些男人、女人、孩子，自己都可以有权指派。 一丝莫名的快意又一次涌上心头。 就在这时，他忽然发现在街道的另一头，双耿和姁姁相傍着从一家杂货铺出来。 他们显然没看见他，两个人脚步轻快地折向另一条街。 一股冷风呼地钻进怀宝心里，把刚才萦绕在他心头的那股快意一下子刮走了，天啊，为什么有得就有失？ 姁姁，你知道我失去你心里是多么苦吗？ 当然，总有一天，我也要找个女人，而且一定要是一个比你还漂亮的女人！ ……

2

怀宝接任柳镇镇长日子不长，聪明的他便摸准了政界里的一条规律：你要想在工作上受到表扬，你就必须尽早摸准上级的意图，摸准后你就回来赶紧把它变为现实，不管下边有多少怨言，你都要尽快办，办到其他村镇的前头，这样领导才能注意到你，才能当上先进受到赏识。 为了及时摸准上级的意图，他除了常到县上去见见戴化章之外，还和县委办公室和县政府办公室的两个主任交上了朋友。 每次去县上开会，他都要带点芝麻、香油一类柳镇的土特产品去他们家里看看，这样他们就常常把刚刚听到的动态性消息及时告诉他。 办农业大社和公社的事就是县委办公室主任刚听到省委书记有这个意思，就通知了他。 他知道后虽然心里也有些不解：让农民把土地、耕牛都交到社里，大家一块儿种一块儿收再平均分着吃，劳动和实际得益相分离，会不会使他们种庄稼时不再像过去那样卖力？ 但他还是立刻雷厉风行地干了。 农民们想不通，就逼！ 他成立了一支由年轻人组成的入社帮教队，哪一家不同意入社，这支帮教队就开进哪家，又讲又批又吓唬，而且吃住在那家里，直到这家人同意。 在这种措施下，各家的土地很快交出连成了一大片，各户的农具很快集中堆在了一个院子里，各人的耕牛开始拉在一处喂。

一天晚上，怀宝正脸含笑意地坐在办公室看建社进度表，双耿跑了进来。 ——双耿和姁姁结婚后，怀宝倒没有让双耿离开镇政府，这开始是因为怀宝和双耿毕竟是很好的朋友，他想庇护一下双耿；后来则是因为双耿弄清了姁姁的妈妈原来是裴仲公家的一个丫鬟，也是穷人家的女儿，是被裴仲公强行纳为小妾的，这样，姁姁的成分可以随她娘，定为贫农。 ——双耿喘着气说出的第一句话是：镇长，你这样办不行！

什么不行？ 怀宝一时没明白他所指是啥。

你把土地、农具、耕牛变成公家的。 你想，地里的粮食不再属于农民自己，谁还会去精心种地？ 农具变成了大家的，谁还会去仔细爱护？ 耕牛成了集体的，谁还会去小心喂养？ 这样干下去的结果，恐怕是亩产降低，农具毁损，耕牛瘦弱……双耿说得很激动，他当时只是根据自己农民之子的直觉这样猜测判断，他还不知道他其实已经触到了一个深奥的道理，他更不知道几十年后，有一个历经坎坷的老人会依照他的心意又把这政策做了修改。

别瞎说，这是上级让干的！ 怀宝的神色很严肃。

上级让干也有个对不对——

双耿！ 怀宝站起来打断了双耿的话，你这样说是要犯错误的！ 我们如今是干部，上级指到哪儿，我们就要干到哪儿！ 我告诉你，我办的这一切，上级最终会肯定和表扬，不信你等着瞧！

怀宝的话果然没错，没有多久，一个全国范围的公社化高潮到来，柳镇办大社的经验立刻得到了肯定和推广，怀宝不仅受到了县里和专区里的表扬，事迹还上了省里的报纸，廖怀宝的名字在全县传开了。

怎么样双耿，我们谁对？ 有天晚饭后怀宝在镇政府院里碰见双耿，开玩笑地问。

双耿摇了摇头，叹口气：我真担心今后庄稼人的日子——

好了，别小脚女人似的担心这担心那，告诉你，我准备提你当副镇长！

双耿一惊：我——？

怀宝点了点头。 怀宝最近读了点历史书，都是关于官场生活的，这些书有些是廖老七特意为他借的，有的是他自己去镇上学校图书馆里寻到的。 他从那些书上明白，在政界里做官，要紧的是挑选好身边的人，尤其是副手，弄不好就会毁到副手身上。 古今中外，很多官最后都是被他的副手搞下去的。 副镇长这个位置他一直让它空缺着，就是为了慎重选择。 他最近经过反复考虑，决定让双耿来干。 双耿这个人除了和妗妗结婚这点让他觉着别扭外，其他的地方都让他放心：没有当官尤其是当大官的野心；不会玩心计耍弄手腕；不爱出风头争成绩夺荣誉；干事认真不怕吃苦；懂种庄稼。

我干不了！ 双耿像推开什么重物一样地急忙抬手去推。

我说你能干你就能干，就这样定了！ 怀宝果断地挥了一下手。

我……我……起码得和姁姁商量商量。

又是姁姁！怀宝的眉头痛楚地一耸。一个男人干什么都要征求女人的意见，你这个男人还能干成什么大事？当然，也就是你这种干不成什么大事的样子，让我相中了你……

四

1

一九五八年是中国现代史上一个值得记住的年份，中国人就在这一年开始跑步进入共产主义。也就在这一年的年初，怀宝从县政府办公室主任嘴里得到一条动态性消息：省里准备提倡收小锅办大食堂，以显示共产主义的优越性。他听后如获至宝，决定立刻动手建大食堂，走在周围村镇的前面，像上次办大社一样，再次让上级领导刮目相看。

改变柳镇人在几千年间形成的以家为伙食单位的习惯，不是一件容易事，人们采用各种手段抵制吃食堂。但有了上次强行办社的经验，怀宝不怕这种抵制。他先指挥人买大锅、砌大灶，把七个千人食堂建好，而后组建一支拿枪的民兵队伍，开始挨家挨户收小锅、收粮食。凡藏锅、藏粮不交的，便抓起来集中"教育"。人们家里没了锅，没了粮，自然得拿了碗到食堂吃饭，于是七个千人食堂便热热闹闹地开张了。

柳镇办食堂的消息很快在周围村镇传开，这种迎合上级领导心意的事当然让领导高兴，专区和县立刻在柳镇召开了吃食堂现场会，省报头版刊登了柳镇办食堂的消息和经验，省长专门在推广柳镇经验的一份简报上画出廖怀宝的名字，并在这名字下批示：此人可用！

此时已升任专区副专员的戴化章，也专门来了柳镇一趟。在一个千人食堂门前，他看到社员们十人一桌地围坐一起，大盆吃菜、大口嚼馍、大块吃肉、大碗喝汤，高兴得眼睛里都漫上了水雾，他喃喃地对怀宝说：我们当初起来拎着头干革命，就是为了让人们吃饱吃好过上舒心日子。

戴化章临走时拍着怀宝的肩膀说：干得不错，不要骄傲，县上已决定调你去当主抓农业的副县长，近日可能就要任命，你可不要辜负人民的期望！怀宝听了这话，脸上虽是一副惶恐神色，心却因为高兴差点冲到胸外。副县长？这可是他一直在心里暗暗向往的位子。难道就真的归我了？这可就等于过去的知县啊！怀宝读过书、看过戏，知道一个知县坐轿的威风和权力！一个县几十万人，难道几十万人的耕种吃喝，今后就全归我管了？……

当晚怀宝回家给爹娘说了这个消息后，娘担心地连声说：你能行？不行趁早给人家辞了，免得将来出祸！爹却一声不吭地在屋里踱步，半晌之后才猛地抬头朝怀宝娘叫：真是头发长见识短，七品，懂吗？县官是七品，你儿子要当七品官了！ 而你却在这里胡唠叨，还不快去拿酒?！

晚饭后，怀宝心情畅快地出门向双耿家走去，双耿既是自己的朋友又是副镇长，这消息应该让他知道。 再说，怀宝还有一个隐秘的打算想同双耿商量，一旦他到县上当了主管农业的副县长之后，他想把双耿调去当农业局长，这样干起工作来就比较放心。 他从这些年的实践中已经明白，当一个领导干部，手下必须有一帮完全听你话的人，不然你的意志就很难贯彻。 双耿这人平时虽常向自己提些不同意见，但一旦怀宝决定下来说必须办，双耿就不再言语认真协助办起来。 这种不玩花招让你知道他的真正心思的人，才真正可靠！

双耿在家，在看一张报纸，旁边坐着正奶孩子的姁姁。见到他来，都起身让座。 自从双耿和姁姁结婚后，怀宝就没再来双耿家，怕的是见了姁姁想起旧事尴尬。 他早听说姁姁已生了孩子，他原以为生了孩子的姁姁会像镇上大多数奶孩子女人一样，变得头发蓬乱面色苍白衣履不整，没想到一见之下竟是一怔：姁姁竟还是那样水灵可人，凡是呈现在怀宝眼里的部位，都显得丰盈光洁。 而且服饰素净雅致，透出一股让人舒心的妩媚。

姁姁起身去里间床上放孩子，怀宝扫了一眼她的背影，那饱满的分成两半的臀部让他陡然想起当初手抚在那弧形的柔软臀尖上的美妙感觉来，这一刹，一股对双耿的嫉妒又爬上了心头，这么美妙的一个女人，竟完全归他所有了。

妁妁给他端来一盅茶，在接茶盅的当儿，他瞥了一眼妁妁的脸，想发现她看他的目光中有些什么内容，但妁妁的目光早已晃开，根本没有看他。

最初的几句寒暄过后，怀宝就用自豪的语气，把要调县上工作同时希望双耿也去的事讲了出来，双耿听罢还没表态，妁妁在一旁已冷冷开口了：双耿不去！

为啥？ 怀宝有些意外，他原以为妁妁会因为进城高兴。

官当到何时是头？ 俺们不想离开柳镇！ 妁妁眼斜向屋角，声音很硬。 当初她含了苦痛狠心对怀宝爹说了不同怀宝结婚的话以后，她估计怀宝肯定会再来找她解释恳求的，没想到他就势作罢再不见自己一面，他的心好狠哪！

这倒也是，我不是当官的料，一个副镇长就够我干的了。 双耿也轻声附和。

怀宝略略有些着急，倘是双耿真的不去，一时很难找到像他这样可以不用提防的助手。 看来，这家里现在说话算数的是妁妁。 得先把她说通。 他于是改用恳切温和的腔调：叫双耿和我一块儿去倒不是图做什么官，主要是我俩熟，到一个生地方好互相帮忙，我想妁妁总不愿看我一个人在县上作难受罪，我真要是有个病病灾灾，双耿也好给我点照应，妁妁你说是吧？ 妁妁！

怀宝这几句满含感情的"妁妁"一喊，把原本压在妁妁心底的对怀宝的那种依恋又喊了出来，她呼吸变得不匀且颊上开始绯红，她经受不住他这种带了恳求的声音，她因为气恼而变硬的心在这种恳求声中霎时变得柔软无力。

我不管，只要双耿愿去。 她飞快地瞟了怀宝一眼。

你呢，双耿？ 妗妗可是已经允许！

那就去吧。 双耿望着自己心爱的女人笑了。 在这一刻，怀宝忽然判断：妗妗一定没把自己当初和她的那些事说给双耿！ 倘是说了，双耿绝不会笑得这样满足……

2

县政府礼堂里座无虚席。 全县所有的生产队长和各公社主抓农业的领导和县农机、农科站的干部全都坐在这里，准备聆听新任副县长廖怀宝关于农业生产"大跃进"的报告。

九时整，怀宝手拎一个皮包准时出现在主席台上，怀宝在掌声中向人们点头微笑。 他今天的打扮十分讲究，他已按县城干部中流行的发式，把原来的平头留成了后拢头，黑亮的头发讲究地向后梳去，这使他身上平添了一种稳重和成熟；他按县城一些男青年的做法，把白衬衣塞进腰带扎起来，衬衣最上边的那个扣子不扣，两袖稍稍挽起。 他的身材原本就很挺拔，这样装束便显出几分潇洒。 他专门买了一块雪白的手绢，把它叠好塞进裤子口袋，在讲台上就座之后先把手绢掏出，仿佛十分随意地按了按鼻子，这才开始说出第一句话:同志们。 一种文雅的风度便显了出来。 今天他是第一次同下属们见面，他要给他们留下一个很好的印象。 给下属的第一印象很重要，他要觉出你窝窝囊囊不可敬不可怕了，你休想让他今后顺顺当当落实你的话！

他没有去看讲稿，而是双眼直盯着他的听众讲话。他已把讲稿熟记在了心里，为了准备这个讲话他用去了三个白天三个夜晚。一定要征服听众！他在从县政府办公室主任那里借来的那本《领导人必读》上知道，讲演能力对于一个领导者十分重要，它可以增加你的魅力和威信，很多国家的元首和领袖都很注意锻炼自己演讲的本领。为了把今天的报告做好，他曾面对墙壁把讲稿背了两遍，而后把农业局长双耿找来，让他做一个听众又听了两遍，并要他把听出的毛病全向他指出来。

讲得很成功！

这从听众的眼睛中可以看出，每一双眼睛中都有一点新奇和意外，农业工作的报告往常都比较枯燥，但今天的不同，怀宝知道，这一点要感谢爹爹从小逼他读的那些诗词、散文和史书，他在讲深翻土地、选种密植、田间管理时，不断地加上一点有趣的东西，他最后是用自编的一首诗歌结束报告的：

> 人间跃进一句话，
> 土地老爷都害怕。
> 我说亩产一千斤，
> 他说你还可再加！

种的高粱高又大，

戳进天官一丈八。

织女开窗来相望，

碰了一头高粱花。

…………

掌声雷动。 在人们徐徐散去的时候，几个女青年手拿着日记本向他跑来，为首的一个娇笑着喊：廖副县长，请把你刚才念的诗给俺们写在本子上做个纪念！ 怀宝高兴地接过她们递来的笔和本，流利地写着。 写字是他的拿手好戏，姑娘们接过本子一看他那近似钢笔书法字帖似的行书字迹，又相继啧啧地称赞：哟，廖副县长的字写得这么漂亮！ 在姑娘们欢笑着离开他时，其中一个鸭蛋形脸蛋的漂亮姑娘以极快的动作把一个纸条塞进了他的手里。 他懂，他没有立刻去看，只是淡淡一笑。 自从他来县城上任之后，不算机关里那些愿当月老的介绍的那些姑娘之外，单用这种办法大胆追求他的漂亮姑娘，连今日这位已是第五个了。 他慢腾腾地将纸条撕碎，他忽然记起很久之前爹阻止他和妠妠结婚时说过的那句话：天下漂亮姑娘多的是！

是啊，多的是……

3

听到那种敲敲停停停停敲敲的顽皮敲门声，怀宝就知道是县豫剧团的晋莓来了，他笑了笑，推开面前的报纸，叫道：还不快进来？！

晋莓便笑着推门跳进了门槛，把手上捧着的一张绿豆面煎饼送到怀宝嘴边叫：快，快吃，还热着哩！

怀宝于是伸嘴咬了一口，同时也把晋莓身上的香味吸了一股到肚里，边嚼边美美地舒了口气。

晋莓是怀宝在县城里众多的求爱姑娘中最后选定的对象。他所以选定这个豫剧团的红演员，除了她长相漂亮之外，还因为这姑娘在身个和脸形上略略有些像妗妗。当然，因为晋莓年轻而且受过表演训练，她和妗妗又有许多不同，她的那双眼睛不像妗妗那样文静沉郁，而是充满顽皮，双眸灵动飞腾，不时把千种风情万种娇媚向四下里抛掷；她走起路来也不像妗妗那样轻手轻脚如风吹弱柳，而是胸凸臀摆袅娜娉婷，十分招眼。

香吗？晋莓又倒了一杯水递到怀宝手里。

香！怀宝笑望着晋莓，在心里再一次把她和妗妗做了番比较。她一点也不比妗妗差，上天并没有亏待我！

哟，天都县玉米亩产都六千斤了？！晋莓这时瞥了一眼报纸惊叹道。

是呀，如今是"大跃进"的年代，什么样的奇迹都会出现，我们都要跑步迈进共产主义的门槛！怀宝边说边走到晋莓身边，用手拍了一下晋莓的肩膀，意味深长地笑笑说：好了，我们不说那些大事，我还想喝点更香的东西！

啥？晋莓一时没有听懂。

怀宝抬手摸了一下晋莓的嘴唇：装糊涂？

晋莓明白了，脸倏然间涨红，忙垂了头说：那你把灯拉灭。

灯灭了，但窗外的月光却一下子溜进屋里，悄然而惊奇地瞧着怀宝把晋莓抱放到腿上，把水杯朝晋莓嘴边递去，晋莓喝了一口，却不下咽，只待怀宝的嘴接近自己的唇，两个人的嘴相挨时，只听怀宝吱吱吱又香又甜地从晋莓的口中吸那些水。三口水吸罢，怀宝扔开了杯，一下噙紧了晋莓的舌尖尖。

一阵长得没有尽头的吻。

他开始去解她的衣服，这还是第一次，他估计她会委婉地反对，但她没有，她只是轻轻地哆嗦了一下身子。

当他把她脱得通身银白时，他把脸朝她柔软的腹部埋去，那一刻，他再一次体验到了一种快乐的自豪：我想要什么，便都可以得到。爹，你说得对，一个人只要有了官位，他就会拥有一切……

4

双耿又一次抓了抓自己的头发，把目光投到那张《中原日报》上，用眼睛把头版头条消息再次逐字过了一遍：农业跃进捷报频传——天都县今年玉米产量大放卫星，平均亩产六千斤——省委省政府领导接见天都县县长进行嘉勉。

军旅作家周大新

周大新夫妇

　　生命是一条缓慢的河流,童年、少年是这条河的源头,它对一个人的影响是决定性的。

无论走多远，他的精神始终依恋着中原大地。

　　写作是没有终点的马拉松赛跑,世界上太多优秀作家都在往前走。他只想一步一个脚印,每步都能往前走一点,慢慢接近人生的真谛。

　　一身普通的套装,一脸憨厚的笑容,带有浓重"河南味"的口音,脚下风景无限,心中音乐如梦。

他说，好的文学作品可以传达爱，会弥合分裂。

　　四五根寸来长的黑发被他从头上抓掉，飘落到了那条消息里。　这是第三遍！　短短的一条消息，他已经读了三遍。可能吗？　双耿家住柳镇边上，家有三亩祖传旱田，世代都靠这三亩地生活，双耿的父亲是一个种田好手。　双耿自小在田里干活，知道父亲那双手是如何精心侍弄那三亩地的。　但就是这三亩地，在最好的年景里，亩产玉米也不过一千多斤。不知天都县的玉米是如何种的，竟然能亩产六千斤！

　　这张报纸是怀宝刚才亲自拿来让他看的。　双耿刚刚从乡下检查秋收回来。　他本来还为今年的玉米产量高兴，他今年抓田间管理抓得很紧，他也很想做出成绩，让怀宝高兴，也让人们看到，他这个农业局长不是白吃饭的，他在几个生产队里估了一下产量，亩产不会低于六百斤。　他刚进屋时还为这个数字高兴，现在一看报纸，方知应该脸红，两下相差太远了！

　　他默默地回想着怀宝刚才说的话：……双耿，今天郑书记和钱县长把我找去，专问今年的粮食产量，说别处都在放卫星，唯我们默默无闻不声不响，可不能不敢想不敢做，在思想上右倾啊！　……双耿，我们刚来县里工作，头三脚踢不开，这位子可不好坐呀……

　　他又揪了一把自己的头发，怎么办？　得去取取经验，看看天都人究竟是怎么种的，或许真有什么秘方！　但六千斤玉米粒需要长在多少株玉米上？　一亩地能种那么多株玉米？心里晃着的那团怀疑使他的眉头紧蹙，他那年轻光洁的额上一时出现了几道横纹。

双耿！ 姁姁挎着菜篮忽然由门外慌慌地进来，声音紧张地喊了一句。 咋了？ 双耿起身，从姁姁手中接过菜篮，诧异地问。 双耿来县里当了农业局长后，把家也搬了来，姁姁如今在书店卖书。

知道吧，县里的工业局长刚才让关起来反省了，上级让他年底以前炼出两千吨钢，他说他没办法炼，人家说他右倾！

哦？ 双耿打了个轻微的寒战。 右倾？！ 谁发明的这个罪名？ 仅仅因为工作无法达到上级希望的目标，就要给戴上这个帽子？ 如果以后我在粮食产量上达不到上级希望的数字，也会得到这个罪名吗？ 他的心不由得一紧。

他爹，我有些怕。 姁姁这当儿在双耿身边坐下。 如今人们干什么事都说大话，俺们书店卖的那些书中，净是些喝令三山五岳开道之类的句子，而你，又不是个会说大话的人。

唉。 双耿叹了口气。 他再一次想起了天都县的玉米亩产，六千斤，能吗？ 会吗？ 但愿这不是大话。

看见丈夫心情也不好，姁姁又紧忙劝慰：你也不要太担心，大不了咱们还回柳镇。

这倒也是，双耿轻轻抬手去抚妻子的头发，我家世代没当过官，我也从没想到来当官，不行了咱就还回去种田。 我这辈子有了你和咱们的儿子，我就挺知足……

5

看嘛！ 我这条裤子行吗？ 晋莓将刚换上的那条卡其新裤往上提了提，在怀宝面前转了一圈，好让丈夫欣赏。 两个人是七天前举行的婚礼。

嗯，嗯。 怀宝眼望着妻子，目光却缩在眶里，含混地应了两句。

怎么了，你？ 晋莓对丈夫的冷淡有些生气，声音提高了，同时三下五去二地褪下了那条新裤，上床钻进被窝里。

噢。 怀宝被妻子的高声惊得一震，忙扭过身去轻抚了一下晋莓的额头，软声说：你先睡吧，我因为工作上的事心里有些乱。

他心里是真乱，是吃惊、意外、不解和茫然掺在一起的那种乱。 ——双耿下午由天都县参观回来，刚才来向他汇报，说天都县的玉米高产其实是假的，他已经看破了他们玩的把戏：先说假话，虚夸产量，然后在仓库里做名堂，在粮囤下半部填上麦秸草，麦秸草上铺一层席，席上才盛玉米粒，给人一种囤囤米满、仓仓粮丰的感觉……

假的？！ 怎么可以如此造假？ 为什么呢？

是农民自愿要造假的吗？ 是他们想证明自己种粮的技术高吗？ 不，不可能！ 他们知道产量高交的公粮也要随之增多，他们不会去办这种傻事！

这样造假虚夸对谁好呢？ 对农民无半点好处！ 对县里

干部呢？ 好处已经可以看见，他们上了报，出了名，今后可能会更快地晋升。 对省里干部呢？ 也可以证明他们的领导正确，组织跃进得力，将来可以受到中央的表扬。

这就是说，这样造假，至多是引起农民不高兴，其他引来的后果都是高兴，专区的干部高兴，省里的干部高兴，农民不高兴有什么不得了的？ 他们至多不过是三几人凑在一起嘀咕嘀咕罢了，他们不敢对造假的干部怎么着。 干部是上级任命的，只要上级高兴就成！ 农民们嘀咕得多了，可以吓唬！

一般的农民都经不了吓唬，用右派、反革命、反三面红旗这样的帽子稍稍一吓，他们就会闭嘴，就会老老实实，甚至还会替你掩护！ 胆小怕事是农民的本性，很少有人敢出头公开指出当官的不对。

这就是天都县领导敢于造假的原因吧？

本县怎么办？ 天都县可以造假你就不会？ 当然，也不能乱造，只说某一社的产量放了卫星，这样可以让一般人摸不着头脑；放卫星的产量也不能太高，太高了容易让人不信，比天都县略低一点就行。 这样差不多就可以上报纸了，各级领导的面子上也可以过去了。

怀宝抽出钢笔，把手中的那张表格在桌子上铺好，仔细地看了一眼表格，而后把柳镇人民公社玉米平均亩产五百七十斤的数字，改成了五千七百斤。

他长舒了一口气，开始脱衣上床歇息。 被子掀开时，已经沉入酣睡的晋莓翻了一个身，把雪白柔软的臀部呈在了他的眼里，他心中顿时起了一个冲动，急急地伸过了手去……

6

双耿默默地看着崔庄几个生产队干部向粮仓的一个个圆形粮囤里填麦草，崔庄是柳镇公社靠公路边的十几个生产队之一，他奉怀宝的指示，亲自来监督指导他们把粮仓弄好，弄成一幅粮丰仓满的情景。怀宝估计，一旦柳镇公社玉米产量大放卫星的消息见了报纸，上级和兄弟单位说不定会派人来参观，这十几个靠公路边的生产队将可能是参观的重点，粮仓里必须是一幅特大丰收的景象。

每看见他们向粮囤里填一捆麦草，双耿的眉梢都要火烧似的抖一下，他看出敢怒不敢言的神色就隐在那些队干部的眼角里，但我有什么办法？有什么办法？几天前怀宝把他叫去进行那番交代时，他曾再三地表示了他的意见：决不虚夸！但他那颗善良诚挚的心经不住怀宝的反复劝说：大家都在虚夸，你一人不虚夸能有什么意义？上级喜欢这样做的干部，你不干就会失去领导的信任！我现在是抓农业的副县长，你即使不想干也要看在我的面上去办，再说，出了事也有我顶着，你只当是去执行我的命令就行……

还能有什么说的？作为怀宝的下级和朋友，双耿不能不默默点头。办吧，就这样办吧，但愿神灵能够宽恕。

这样行了吧，局长？一个队干部站在囤边问。双耿走过去看到麦草已快垫到囤顶，就把头点点。 那几个人随后开始在麦草上铺一层苇席，接着，便往席上倒玉米粒，玉米倒得与囤顶相齐，站在囤旁一看，满囤都是玉米，全公社所有生产队的粮囤，都是这样满起来的。

丁零零……随着一阵自行车铃声，怀宝带着两个县政府机关干部到了仓库门前。 咋样，都弄好了？ 怀宝笑问，同时从衣袋里抽出一张报纸朝双耿递来：看看，咱们柳镇放卫星的事已经上了省报，旁边还加了照片！ 双耿的手像被针扎似的向后一缩，但为了不露出什么，又伸手把报纸接过。

报上的消息是头版头条，旁边附了一张怀宝和双耿在一个大粮囤前会见记者时的照片，照片上的怀宝风度潇洒脸含自豪，双耿却有些忐忑不安缩头缩脑。 他一看见这张照片，一股巨大的歉疚感就又把他的心揪住，他觉到了一种彻身的疼痛。

再看看，各县都开始放卫星了！ 怀宝用手指了一下报纸的二版。 双耿把目光移去，是的，都开始放了，双耿稍稍放了心，大伙都在这样办，老天爷要惩罚也不会就我一个……

双耿，昨天接专区通知，专区后天要组织十三个县管农业的副县长来咱柳镇参观，我们要抓紧准备！ 怀宝掏出折叠好的手绢，极高雅地擦了擦脸上的汗，言语中露出一股抑制不住的兴奋。

是吗？ 双耿一惊，双颊慢慢开始发白，心中不安地祷告道：神灵保佑，但愿别露馅……

7

　　副专员戴化章是在苑城专区医院的病床上，读到那张刊有柳镇公社玉米丰产消息的报纸的。 他的目光一触到柳镇那两个字，因为低烧而发软无力的身体就陡然来了精神，一口气把那篇消息读完。 柳镇的一切，他不能不关心，那里是他转入政界的起点。 就是在柳镇，他脱下军装走上政坛，开始执掌权力；也是在柳镇，他发现培养了这个极有才干的干部廖怀宝，这是他在内心一直引为骄傲的事情。

　　他仔细地审视着报纸上附在"消息"旁边的那张照片，照片上的怀宝比过去越加显得有风度了。 戴化章眼中显出了笑意，他个人倒不讲究什么衣着风度，但他却希望怀宝有点风度，怀宝能写会说，处事灵活，有办法有魄力，会是一个很好的接班人，能担负更高的职务，他应该有点风度！ 培养一个接班人不容易，他应该在各方面都令人满意。 有人说干部不能靠一个人去发现，接班人不是培养起来的，这是胡扯，一个人再有才，没有另一个人去发现他，他的直接上级不委任他职务，他怎能成功？

　　看一阵报纸上的照片，他又把目光停在了柳镇公社玉米平均亩产五千七百斤这个数字上，这是使他唯一有点不安的东西，这么大的数字！ 产量会有这么高吗？ 戴化章自小跟父亲在铁匠炉上学打铁，对种田的事一窍不通。 他当初在柳镇工作时，把主要精力放在镇反和肃反等政治问题上，对生产尤其是对农业生产很少过问。

他的心微微打了一个战，他想起了最近在各项工作中兴起的浮夸风，专区不论统计什么数字，其中都带了不少的水分，甚至统计各县右派的数字时，有的县为了争第一，也虚报了不少。华县本来有右派四百多人，上次统计时为了争全区第二名，竟多报了一百二十多个，后来专区派人逐个复查时他们慌了，便急急忙忙地把一百二十多个名额分派到各单位，让加班把人打成右派！他上次知道这件事后专门把华县县长叫来，在办公室整整骂了他两个小时。妈的，这些东西！但愿，柳镇这丰产数字没有虚夸的水分。

可吃午饭时他还是让这件事搅得心神不定，他让护士找来一个家在农村的医生，问他家乡在丰收年景玉米一般亩产多少，那医生说最高时达到七百斤。这个数字又让他心里犯了嘀咕：柳镇亩产五千七百斤可能吗？应该问问，问问怀宝，究竟这数字里有无水分！

他起身想去院长办公室给怀宝挂个长途电话，不料刚站起迈了一步，一阵带着金星的眩晕就猛扑过来，一下子把他按倒在了地上……

五

1

廖老七手捏香烟仰坐在当院那株榆树下的躺椅上，隔着枝叶的缝隙仰望着银河岸上疏淡的星星，远处的什么地方，有人哼着杨继业兵困幽州时有些悲凉的唱词，喜欢豫剧的他轻声随着那声音哼了几句，但终觉那调门不合自己的心境而很快止住。

廖老七现在的心境可以用"惬意"两字概括，如今，唯一让他操心的就是如何保护好自己的身体，好好享受享受一个县长的父亲应享受的东西。前天，柳镇公社的社长专门跑来屋里告诉他：廖副县长已经被任命为正县长了！正县，正七品！有这样一个儿子，谁都会去想长寿享福这些词儿。

廖老七如今走到街上，问好递烟的人接连不断；逢年过节，镇上一些平日并无深交的人都要送点烟酒来；平时，公社的干部不断地来问有没有什么困难；公社卫生院的医生，隔一段时间也总要背个药箱来，非要热情地给他量量血压不可。这种尊重和待遇，老七何时受过？他现在越来越明白父亲临死时说的那些话是多么正确。看来，做官并不在官位本身的俸禄，而在受到的这份恭敬和额外收入。老七读过不少古书，知道自古以来，中国的官俸就不优厚，宋朝以前大体上还可以养家而仍有余裕，元朝以后官俸减得厉害，清朝时，官分九品十八级，一品官的俸银每年一百八十两，每月只合到十几两银子；一个六品县官，每年俸银仅四十五两，每月只有几两银子。 依靠这样微薄的官俸，岂不要喝西北风了！ 重要的不在官俸，而在官俸之外的这份收入……

为了养好身体，老七现在基本上不再拿笔写字，每日晨起，拄一根竹杖，去镇边的寨河旁散步；上午，泡一杯毛尖绿茶，和邻居一个老友下几盘象棋；午后小睡，然后去街上溜达，乏了，回来躺在躺椅上看书。 老七专门去镇上中学的图书馆里借来一些诸如《资治通鉴》一类的古书，回来看看想想，以史为镜方可久长。 他要给儿子怀宝当个参谋，老七知道当官虽好，但也有险恶，必须多加小心，要时时用历史上的事给儿子一个提醒！

老七这两天就有些轻微的不安，主要是因为粮食征购得太多，公社里的人们有了怨声。 老七知道原因是今年的产量说得高了，产量一报高，公粮自然要多交，公粮交得多了，人们吃啥？ 没吃的自然会有怨声，这怨声眼下还不太高，倘是高到载道的程度，恐怕就要麻烦，就要出乱子。 乱子一出，当县长的就可能失了上边的喜欢，这一点得给儿子说说明白，他毕竟年轻，古书读得又少！ 刚好，儿子领着媳妇晋莓后晌回来看望全家，这正是一个说话的机会，老七原来想在晚饭时就给怀宝说的，不料公社的几个干部听说怀宝夫妇回来，来家硬把两个人拉去接风了，到这阵还没回家。

老七又换了一根烟，慢慢地品着，银河里的星星又多了不少，地上一个丁，天上一颗星，不知地上的人是不是真和天上的星星一般多，倘是一般多，哪一颗星星是怀宝的呢？但愿那颗星星会越来越亮，越来越大。

外边响起脚步声和儿媳晋莓的笑声，他们回来了。老七坐起身，咳了一声。爹还没睡？怀宝拉着晋莓的手走过来问。

没哪。老七应道，莓儿忙了一天，该去睡了，宝儿，爹有几句话给你说说。老七看着儿媳走进屋去，凑着屋里的灯光，他发现晋莓走路的姿势与往日有点异样，莫不是怀了孙儿？

爹，有事？怀宝在爹旁边的一把木椅上坐了。一股酒气飘来，钻进了老七的鼻孔。老七抽了下鼻子，缓缓地开口：你如今喝酒的机会多了，记住，此物不可多！它有时会使人脑子不清醒，看不到危险，把正事误了！放心，我喝不多，不过是应酬。怀宝答。那么，你看没看出眼前的危险？老七的眼睛在黑暗中一闪。危险？怀宝的声音里透着茫然。对。你们把产量报得太高，征购公余粮的任务自然派得重，已经有怨声了。知道吧，唐永徽三年，青州有县令叫玉彤的，征赋太重，引起民怨沸腾，后高宗知悉后，即将县令斩首以平民愤……

爹，天不早了，你去睡吧。怀宝平静地说道，而身子却不由自主地打了个寒噤……

2

当闷热漫长的秋季终于把太阳的热量耗尽，冷风开始漫天掠着的时候，饥饿怪兽的狰狞獠牙已渐渐露出来了。起初只是柳镇公社的几个大队报告，公共大食堂的存粮已经不多，希望上级给予解决。这时，怀宝心里虽然有些发慌——他知道这是虚夸之后高征购的恶果开始暴露，但还不是很着急，毕竟面积不大、人数不多，他下令从其他公社给那几个大队调去三万余斤小麦、苞谷。但当第一场大雪埋地不久，局面严重了，整个柳镇公社所有的食堂都已无了存粮，告急电话一个接一个。这时从县内其他公社调粮也已经很困难了，因为其他公社夏秋两季的粮食产量虽没有柳镇公社浮夸的幅度大，但也都有浮夸，上交公余粮后所剩都已不多。怎么办？向上级伸手要粮？如何开得口？大丰产之年竟无粮吃，如何自圆其说？打开国库赈济？谁有这个胆量？

身为一县之长的怀宝，此时是真正地慌了！他一面强令其他尚有不多存粮的公社匀粮救急，一面用电话通知下边，想尽一切办法寻找可吃的东西。榆树皮碾碎可以做糊汤喝；麦糠磨碎可以做窝头吃；牛皮、猪皮去毛经开水暴煮可以充饥……所有能想到的办法都用电话通知到了下边。

当太阳经过一冬的歇息，慢慢缓过气来开始发热，地上错错杂杂地出现青草时，饥饿怪兽露出了它整个吓人的身形，遍及全县的粮荒开始了。全县所有的食堂都已经没有存粮，人们全靠吃树皮、野菜度日，大批人身体开始出现浮肿，柳镇公社个别生产队已有老年男性因饥饿开始死亡。

怀宝此时方知县长这副担子的沉重，怎么办？ 他开始睡不着觉、吃不下饭，感到一种手足无措的恐慌。 只有向上级反映真实情况了，再隐瞒下去，后果更不堪设想。 他找到县委书记，两人边叹息边商量，最后决定向专区汇报饥馑情况，请求上级调拨救济粮。 但当通往专区行署的电话挂通后，怀宝揉了揉发烫的脸刚准备说话时，未料接电话的行署秘书长先开了口：廖县长，我正要找你哩，全地区已有七个县发生了粮荒，我们准备从你们县调出十万斤粮食来救济他们……天啊……怀宝没听完对方的话就呻吟似的叫了一声，他不敢再犹豫，一口气把本县的情况说了出来，说完之后，电话那头出现了一阵长长的沉默，许久许久，对方才说：好吧，我马上向领导汇报，不过我先告诉你，你们不要对由外地调粮抱太大的希望，这次粮荒是全国性的……

全国性的？ 怎么会是全国性的？ 他昏昏沉沉地回到家，看见妻子晋莓正在由笼屉里向竹筛中捡刚蒸好的雪白的馒头，还好，家里倒不缺吃的，这要感谢县政府的办公室主任，他在刚入冬不久的一天，让人送来了十袋面粉，当时怀宝还嫌保存这么多面粉麻烦，未料这倒是一种先见之明。来，尝尝！ 晋莓腆着怀孕几个月的肚子把满满一筛雪白的东西朝他递来，他惊慌地向门外看了一眼，而后接过筛子快步向里间走去，进了里屋后扭身对晋莓交代：今后吃饭一律在卧室，不要端到外间，明白？ 晋莓先是一愣，随即把头点点……

当天晚上半夜，专区来电话通知：无力调拨大批救济粮，你们可先从本县的国库粮中调出二十万斤解急。 同时告诫：加强对国家粮库的保卫，严防抢粮事件发生！

二十万斤粮食对于一个有五十五万人口的县来说，杯水车薪，能解什么急？ 不过七天之后，各公社就相继来电话报告：已经开始死人，死者多为壮年男性。 半月之后的一个头晌，柳镇公社社长把电话打到了他的办公室里，他一拿起话筒，那惊慌的声音就掉到了桌上：廖县长，今天早晨，仅柳镇四条街上，就发现饿死的男尸十一具，女尸五具，如此死法，怎么办？ 你快给想个办法呀！ ……

怀宝长久地捏着话筒，直到对方没有了声音仍在捏着。他的目光穿过对面的墙壁，分明地看见了柳镇，看见了他熟悉的柳镇街道，看见了一个个横躺着的尸体，大片的水雾漫上他的眼睛，那些水雾很快凝成了水珠……

3

当六部大卡车的引擎在十字街口骤停，戴化章走下驾驶室时，第一眼看到的是两具卧在街边的男尸，一具男尸的手中还攥着一把棉衣上的套子放在嘴边；第二眼看到的是一个浑身肿得又黄又亮的青年妇女，拎一个小竹筐，筐里搁一把镰刀，正从一个门槛里趔趔趄趄着迈出来，显然是要去剜什么野菜；第三眼看到的是一个浮肿的男孩，正在街边大便，他显然是吃了糠和树皮一类的东西，大便干结得厉害，怎么也拉不下来，他哭着喊了一声妈妈，一个中年妇女出来，手中拿一根一头削尖了的筷子，伸进孩子的肛门里慢慢地拨着。 剩下的就是寂静，一种彻底的寂静，不仅没有人的歌声笑声骂声话声，连鸡叫鸭鸣狗吠猪哼都没有，镇子完全如死了一般。

戴化章呆呆地站在那里，前天他听说柳镇公社发生了严重的饿死人事件之后，慌忙带病从医院出来回到机关，先是要求办公室迅速给柳镇拨去救济粮，但办公室主任拿出那张表格让他看了以后他才知道，专区掌握的救济粮已经全部分到了各县，中央调拨的大批救济粮还未到达，到处都需要粮食。 没法，他又急忙给在省粮食厅当厅长的一个战友挂了长途电话，恳求他想法拨点粮食，到底是在战场上共过安危的战友，听说柳镇死人死得厉害，当即设法给粮食厅设在苑城附近的一个专供部队的粮库打了电话，拨了五万斤小麦。 戴化章随即在地区运输公司要了六辆四吨装的卡车，连夜向柳镇赶来。 在路上他还想着，车到镇上人们会欢呼着迎上来，现在方知道，人们已经饿得连迎上来说话的力气也没有了。

去，叫各大队的干部都来！ 他阴着脸对站在一旁的怀宝和其他公社干部说。 戴化章从专区动身走时给怀宝拨了电话，让他也到柳镇。 戴化章想弄清柳镇这次的饥荒为什么这样严重，怀宝是县长，他应该参加。

没有多久，各大队干部相继来了。戴化章站在他们面前，挨个地盯了一阵他们的脸，而后冷冷地开口：我看你们中没有一个人浮肿，这证明你们这些人还能吃到粮食，但我告诉你们，如果有谁胆敢把这些救济粮贪污一粒，我戴化章决不饶他！你们应该晓得，我姓戴的说话算数！现在，你们上车，去挨队分粮，粮分完后你们仍来这里！还有，请顺便转告乡亲们，中央调拨的大批救济粮就要到了，让大家不要绝望，想办法坚持下去！

六辆卡车分头向几个大队驶去，戴化章眼望着汽车走远之后，无言地走进近处一家院子，怀宝默默地跟在身后。一个十来岁的女孩，正手拿一个早抠去了米粒的玉米棒芯啃咬着咀嚼，嚼满一口吞咽时，粗糙的玉米棒芯憋得她流出了几滴眼泪。戴化章无言地站在那里看着，眼泪慢慢地漫出眼眶，顺颊而下……

当六辆汽车陆续返回十字街口把那些大队干部又带来时，戴化章缓步走到大家面前声音嘎哑地问：你们这里为什么会出现这样的情况？你们去年秋季玉米不是获了特大丰收了吗？究竟是什么原因？

人群一片寂然。

你说！戴化章指了一下公社书记。

我们工作没做好。公社书记嗫嚅着。

放屁！戴化章暴怒地跺了一下脚，你的工作当然没做好，我现在不是问你这个，我问具体原因！你说！他又指了一下站在近处的一个大队干部。

我们那里去年的秋粮……亩产……不高……是说得……高了。 那大队干部话语吞吐。

怎么叫说得高了？ 戴化章瞪大了眼睛。

就是虚报了亩产……我们那儿玉米亩产只有几百斤，但说成了五千七……

哦？ 戴化章惊得退了两步。 你们呢？ 你们也是这样？戴化章那越来越冷的目光在另外的大队干部们脸上一一扫过。

大队干部们都或先或后地把头点了。

是你们公社干部叫干的？ 戴化章猛地扭身抓住了公社书记的衣领。

不……不是，我们是按县上廖县长的指示——

戴化章的手一哆嗦，松开了，而后极缓地转过身，望定了怀宝，冰冷的目光中掺了一点困惑：你？！

哗。 怀宝分明感到自己的心脏被辘轳那样的东西一下子吊上去。 从戴化章最初从汽车上下来那一刻，从一看到他脸上那副暴怒而痛心的神色起，怀宝就担心他要查问造成饥饿的原因，终于，担心的事来了。

你还有什么要说的？ 戴化章的声音变得狞厉无比。

我——怀宝一时竟忘了辩护的话该怎么说。

给我绑了！ 戴化章突然朝身后随来的两个干部吼。 那两个干部始而一愣，继而上前，用汽车上绑麻袋的一截绳子，将怀宝的双手反绑上了。

怀宝被眼前的这一幕骇呆，这是他第一次看到戴化章性格中的这一面。受批评、挨骂、降职，这些后果他刚才都想到了，却独独没想到竟会把他绑了。他被戴化章这种冷酷的处置完全镇住，竟一句辩解没说就被拉上了车。

上车，去县城！戴化章猛挥一下手……

4

空气沉闷得令人窒息。

怀宝面向窗口，张大嘴巴呼吸，他知道这种窒息感不是因为空气污浊，而是因为内心的压力。

他刚刚做出了一个重要决定并把它付诸了行动！

从他被绑回县城到关到公安局这间拘留室内，中间不过几个小时，他却觉得仿佛是过了几个世纪。在最初被关进这间屋中时，攫住他全身的只是震惊：戴化章，我毕竟跟你干了一段时间，你竟如此不讲情面？一个县长转眼间就变成一个囚犯，仕途竟这样凶险？接下来，那震惊就被恐惧所代替：戴化章最后会把我怎么样？判刑？一旦真的把我判了，就要临产的晋莓怎么办？倘若把我判的时间很长，晋莓带着孩子怎么生活？会不会杀头？想到这里他打了个冷战，柳镇公社饿死了那么多人，这些人的死与自己都有直接关系，法律规定杀人偿命，这么多人饿死会不会要自己去偿命？可能，完全可能！他感觉到有冷汗从脊背上悄悄爬下。 巨大的恐惧本能地使他开始思索摆脱这种可怕境地的主意：逃跑？ 不行！ 门外就有两个看守！ 再说，你往哪里跑？ 检讨？ 行吗？ 说的是坦白从宽，可只要你真的检讨出来，很可能就把那些作为定你罪的证据！ 推卸？ 对！ 不管浮夸的恶果和应负的责任多大，只要推到别人身上，就好办了！ 往谁身上推？ 县委书记？ 不，他并不具体抓政府的工作，很难成立，而且是同级，一旦你往他身上推，他可以向上级表白说明真相，这不会成功的！ 上级？ 说是受了省里的影响，说是受了上级要求"大跃进"放卫星的压力，不，不能，那样领导会更加生气，会对你处理得更重，也许真的会因此而枪毙你！ 只有推往下级，下级负有向领导反映真实情况的责任，如果他们反映的是假情况，你因此做了什么决定，那责任就应该由反映假情况的下级来负！ 对！ 寻找哪个下级？ 双耿？

他的双腿一个哆嗦，一股冰冷的东西由脚脖那儿升起，蛇一样地往上爬。

双耿是你的朋友！ 是你最忠诚的下属！ 你不能！ 但他是农业局长，正管这一方面的工作，是他外出参观向你报告了外县浮夸的办法，是他具体去落实的假仓库，只有往他身上推，别人才能相信；也只有往他身上推，你才能推干净！当然，这样做不仗义，不够朋友，别人知道了会说你坏良心，可你又有什么办法？ 难道人可以眼睁睁看着自己沉进水里而不设法去抓住一个东西？ 再说这是政界，你是在搞政治，办公室侯主任那次送你看的那本书上是怎么说的？ 政界里只有下属、伙伴和上级，没有永久的朋友和友谊；所有保卫自己政治地位的努力只有成功不成功之分，没有合理不合理之论！ 还有，双耿只是个农业局长，职务低，把责任推到他身上，说不定上级会说他水平差而给以原谅！ 就这样办吧！

决定一经做出，他即刻向看守要求：我要见戴副专员！就在半小时前，戴化章阴沉着脸来到屋里，听他说完了柳镇公社乃至全县的浮夸风是怎样在农业局长双耿的操纵下刮起来的：双耿怎么去外县参观，怎么向他建议，怎么亲自去下边布置设假粮囤；他怎么受蒙蔽不知下情……戴化章刚一听完，就疾步走了出去。

他们会怎么对待双耿？

怀宝缓缓伸手捂住胸口，再一次觉得这屋中的空气令人窒息……

5

双耿把最后一嘴嚼碎的玉米面饼子塞进二儿子陌儿口中之后，便把眼睛急忙从儿子脸上挪开。 他知道，孩子咽完这口之后，还会把一双乌嘟嘟的大眼望定他，盼望再来一口。陌儿没有吃饱！ 他不敢看儿子的那双眼睛，那晃动的两颗瞳仁似乎分明在说：爸爸，我还想吃，你为什么不喂？ 但确实不能再喂了，剩下的那半个玉米面饼子是儿子明天早晨的干粮，一顿吃完不行。 陌儿，就这，你已经比多少农村孩子的处境好了！ 他站起身，抱着儿子在外间轻轻踱步，陌儿扬起小手，不停地抓他的下巴，他知道那是什么用意，却心酸地不再拿眼去看。 唉，竟到了这种地步，眼睁睁看着儿子饿肚。 作孽呀！ 作孽呀！ 在这一刻，他又想起了去年秋收过后领人去乡下指导农民建假粮囤以应付上级参观的事，他觉出心脏又刀剜似的一疼，急忙用一只手去按胸口。 自打那次从乡下回来后，只要一想到这件事心口就疼。 当全县范围的饥荒出现，饿死人现象不断发生之后，双耿越加被这负疚之心折磨得厉害，你身为农业局长，非但没有想方设法去指导农民们正确发展生产，反而要求他们去作假造假糊弄国家，弄得他们屋里没粮锅里没米，使得那些种粮的人竟死于饥饿，这难道不是罪过？ 还有什么样的罪比这罪大？ 你得为那些饿死的人负责！ 负责！ ……

　　他有些踉跄地抱着陌儿向里间走，想把孩子放到姁姁身边，然后去看看怀宝。 自从听说怀宝被抓起来后，他心里的自责变得越加厉害。 不，不能把所有这些责任都算到怀宝身上，做具体工作的是我，是我这个农业局长，如果我当时坚决不搞浮夸这一套，或者把真实情况向县报、向《人民日报》、向中央领导报告，也许这个县的粮荒就不会像今天这么严重，或者根本就不会出现这种情况，我应该负责！ 再说，怀宝当初把你调来县里，就是为了让你帮他做好工作，如今他被关起来，而你这个得力的帮手却在外边过自由生活，这算帮的什么？ 应该让他解脱，把所有的责任全揽过来，不要因为这件事把他毁了，不能毁了他……

姁姁还在昏睡，几天前她试着把从树上扯来的一些柳叶掺在玉米糁里蒸饼，为的是延长那少得可怜的一点口粮的吃用时间，蒸了后她先吃，不知是洗法不对还是怎么的，吃完她就拉肚，直拉得浑身酥软没一点点劲，这两天一直躺在床上昏睡。 陌儿刚睡到妈妈身边，便习惯而熟练地翻身用手把妈的衣襟撩开，哼哼着把嘴凑上了妈妈的奶头。 陌儿，让妈歇歇。 双耿从儿子嘴里把奶头拔下，看着姁姁那黄瘦的面孔和稀软耷拉的奶子，他心疼得实在不想让儿子再去吮吸她。让他吃吧。 儿子的抚弄和丈夫的声音，使姁姁从昏睡中醒了过来，她又把奶头塞到了儿子嘴里。

院子里忽然响起几个人急促杂沓的脚步声，正默望着妻儿的双耿扭身向外一看，见是戴副专员和几个不相识的人进了院子，他急忙出门招呼：是老领导来了，快请进屋。 戴化章脚没动，只冷厉地问：晚饭吃过了？ 吃了。 双耿感觉到气氛不对，有些诧异。 吃的啥？ 声音冷得可怕。 双耿原想说吃的是煮红薯叶，后想想自己还有脸向领导哭穷？ 就答：玉米面粥。 你知道老百姓吃的什么吗？ 戴化章的眼中露了狰狞。 狗日的，去年秋收之后，是你去柳镇公社指挥人们设假粮囤的吗？ 双耿此时方明白了戴副专员的来意，低了头答：是的。

你那样干是要干啥，是想叫那儿的人都饿死？

　　一股巨大的委屈涌上双耿的心，使他也有些生气：戴副专员，你不能这样说！

　　咋着，嫌老子的话不好听了？戴化章咬牙向双耿逼了一步，你知道老子们当初革命是为了啥吗，是为了让百姓们过上好日子！可你竟让这么多人饿死了，老子现在就是枪毙你也应该！

　　毙吧！我也不想活了！双耿心中积聚着的那股内疚、委屈和烦躁使他张口叫出了这一句。

　　这句话把原本就气恼的戴化章彻底激怒了：狗日的，你以为老子不敢毙你吗？我今天就泼上这个副专员不当，也要把你这个说假话祸害百姓的东西毙了！边说边猛地伸手去随行的警卫员腰中拔手枪，那警卫员见状死死按住枪套不给，同时对其他随行人叫：快把双耿带走！……

6

　　怀宝走进办公室重新在自己的办公桌前坐下时，心中竟有一种隔世之感，撤职、判刑、杀头，他原以为这三种下场恐怕自己难逃其中一种，未想到事情发展竟这样顺利！今天早晨戴化章去到公安局关押他的那间房里声音温和地说：我错怪你了，双耿已经完全承认所有造假浮夸的行为全是他干的，我已向地委请示了，决定恢复你的工作。当然，你也有责任，你也要从这件事上吸取教训，要注意了解下情，不要被那些别有用心的下属蒙住眼睛……怀宝把心中的狂喜强抑下去，面色沉重地向戴化章表示：副专员，您放心，我一定把这个教训永记在心！ 戴化章缓缓拍了拍他的肩说，记着不要背思想包袱，我从一开始就不大相信这些事会是你干的，我的眼还没有瞎，我自己发现的人我心中有数……

过去了，这场灾难总算过去了！ 这是怀宝在仕途上遭的第一次挫折，他这时才有些明白，原来搞政治阶下囚和座上客只差一步，一步！ 乖乖，倘若没有双耿承担责任，现在遭逮捕进监狱的就是自己，想到这里，他的两排牙齿不由得一个磕碰。

当然，危机现在还不能说已经完全过去，死了那么多人，你又是县长，人们议论起来少不了要说到你的责任，这会使你逐渐丧失威信，失去人们的尊敬。 要想法改变这种局面！ 要想获得威信和尊敬，目前情况下只有两条路子：一个是迅速让老百姓吃饱，让人们觉出你确实有本领！ 另一个是和人们共苦，让人们觉得你和他们确实贴心！ 第一条路现在行不通，要想让百姓们吃饱得有大批粮食，得拖到夏季；只有走第二条了：共苦！ 要让全县人觉得你在和他们一样受苦！

当晚回家，他交代晋莓用榆树叶、灰灰菜和红薯面和在一起做一点窝头。 第二天半上午时，他往县报社打电话约一个相熟的平日很会抓稿子的记者到办公室谈话，谈的是如何禁止浮夸，坚持实事求是抓好救灾，让农民休养生息一类的话题，谈到下班时还未谈完，怀宝就热情邀那记者：走，咱们到我家边吃午饭边谈，也好节约时间！ 那记者见县长一副盛情便没再推辞，到了怀宝家后，腆着肚子的晋莓就按丈夫前一晚上的吩咐，往饭桌上摆了那用野菜、树叶、红薯面做的窝头，另加一小碟捣碎的辣椒，再就是两碗开水。 怀宝指着饭桌歉意地开口：很对不起，没有好东西招待你，想你不会见怪，待今后丰收了我一定再请你来家做客。 说毕，先抓一个窝头大口吃起来。 那记者看见饭桌上摆的东西一阵感动，尤其是见怀了孕的晋莓也在吃这种东西，差不多就想掉泪。 第二天的县报上，果然就出现了那位记者写的一篇通讯，标题是：《县长家也吃菜窝头》。 报纸刊登的当晚，县广播站又把它向全县广播了一遍。 这篇通讯的影响和怀宝预料中的一样，不久，就从各乡干部的民情动态汇报上知道，群众晓得县长家也吃树叶野菜窝头，感动地说：有这样的县长，俺们放心了，将来会过上好日子的！

后来县政府办公室主任在专区的救灾简报上也对这件事做了反映，戴化章大概是看到了那份简报，有天突然打电话给怀宝……好样的！ 群众就需要你这样的干部……

过去了，总算过去了，这第一场灾难！ 今后再不翻这样的跟头了……

7

落雪了。

纷纷扬扬的雪花嬉闹着向地上拥去，眨眼间，院子里就如铺了一层白布。 坐在室内的双耿便拿了扫帚出门去扫，在他停手跺脚哈气暖手的当儿，他恍然记起，这是第六个落雪的春节了。 六年！ 多快，他已经被撤职贬回到柳镇六年了！ 他扭头望一眼那个砖砌的八平方米的传达室，心里竟生了一点惊奇：自己转眼间就在这个小屋里生活了六年？

爸爸！ 陌儿的声音在大门外响起，双耿抬头，看见小儿子披一件蓑衣提一把伞站在大门外。 妈让俺来接你。

待你郑伯来了就走，快去屋里暖——

快回家吧，我来了。 随了这声音，一个五十来岁的汉子跺着脚上的雪到了大门前。

双耿接过陌儿手中的伞刚要回家，镇政府会议室门口突然传来一个威武嘎哑的声音：双耿，明儿会议室里有会，你要提前把茶瓶里灌上水，不能误事，误了事我可要拿你是问！ 双耿应了一声又挪步，但心情却被这番交代一下子弄坏，原先由这新雪飘扬所引起的那点快乐，转眼间消失得无影无踪。 刚才那个嗓音嘎哑的家伙，在双耿当初在职时，每次见面都要哈腰点头问候，自打双耿被贬，他便常用这种教训命令的口气说话，使得双耿感到一种被侮辱了的愤怒，同时，又勾起了他压在心底的那股委屈。

父子俩一路无话走到位于镇街西头的家。 姁姁来接丈夫手中的伞时，注意到他那不快的面色，知道他是遇上了不高兴的事，吃饭时便有意说些有趣的话题。 但双耿一直闷头喝酒，一言不发。 姁姁知道郁闷伤身，过去每当双耿苦闷时，就想些法子将他逗笑，不料今晚那些法子用尽，双耿还是两眉紧锁。 夜色因为纷飞的雪花来得迟了，姁姁将两个儿子安顿睡下之后，屋内还有微弱的白光。 姁姁没有点灯，轻步来到丈夫身边坐下，含了笑说：他爸，我问你一桩事，不知你能不能答出来。 啥？ 双耿吐了口烟。 你说，你们男人，一生在家中要扮多少角儿？ 双耿边想边答：一开始是孙子、儿子，后来是弟弟、哥哥，接下来是丈夫、爸爸，再后来是爷爷、祖爷爷。

不全！ 姁姁在笑。

不全？ 哦，对了，还有公公，陌儿和他哥哥要是娶了媳妇，我就是公爹了。 双耿的眉心慢慢舒开。

还不全！ 姁姁莹白的牙齿在渐浓的夜色里雪花似的一闪。

还有啥？ 双耿停了吸烟。

再想想！ 姁姁笑着。

噢，还有岳父和外公！ 假若我有个女儿，我以后还会当岳父和外公。

你如今已经扮了几个角儿？

五个：孙子、儿子、哥哥、丈夫、爸爸。 双耿忘了吸烟。

你日后还能扮啥角儿？

公公、爷爷、祖爷爷吧。

你还有啥角儿不能扮？

还有——岳父和外公。

你不觉遗憾？　姁姁柔细的声音变得意味深长。

那又有啥法子？　我没有女儿呀！　双耿笑着摊了下手。

真的没有法子？　姁姁的质问很低且充满了蜜意。

噢，你！　一阵冲动被这话倏然撩起，双耿伸手把姁姁揽在怀里，猛地抱起她向床走去。

当双耿激动的身体在温暖的被窝里渐渐平静，头安恬地枕在姁姁的臂弯里时，姁姁用很轻很轻的声音在他耳畔说：你已经有这么多角儿要扮，还不满足？　那么稀罕一个"农业局长"？　……

不提那些，我该高兴！　双耿满足地轻抚着妻子的腹部……

8

吉普车在橙州县城通往柳镇的沙土公路上不快不慢地跑着，车轮在落了一层雪的路面上碾过时几近无声，引擎的轻响大部分被风裹走，车似在白色的湖中移动。　这是今年的第一场雪，怀宝望着窗外纷扬的雪花，心中无声地祷告：下吧，下吧，今年倘再来一场丰收，我这个县长的日子就更好过了！

爸爸，老家快到了吧？　五岁的女儿晴儿摇着怀宝的胳膊问。

快了，快到了。　怀宝伸手把晴儿接进怀里，在她红扑扑的脸蛋上亲了一口。　晴儿把晋莓和自己身上的所有优点全部继承了下来，长得又甜又俏，让他非常喜爱。 女儿长这么大，今天是第一次领她回柳镇老家过春节，以往晋莓总是以孩子小路上容易受凉得病为借口，迫他也在县城过节。 他知道晋莓这是因为当演员喜欢热闹，不愿把年假放在小镇上过。 今年，是经他再三坚持晋莓才让了步的。 今年自己坚持回来的原因，是想借过春节这个机会去看看双耿和妗妗。几年了，他一直没有也没敢去看他们，一种深深的歉疚搅得他的心日夜不宁。

待一会儿车到柳镇，和家人们寒暄几句，就拉上晴儿去见双耿和妗妗，他们的小儿子好像是叫陌儿，陌儿比晴儿大，七岁了吧？ ⋯⋯

未料到的是，车刚一进柳镇街口，街边突然闪出了柳镇公社的社长等一群干部，人们鼓掌向车前迎来，有人还点响了一挂鞭炮。 怀宝皱了皱眉下车说：我今日是回家过年，又不是什么公事，你们怎么还来欢迎？

大伙也是自愿，听说你回来，都等在这儿想给你拜个早年！ 走吧，先到会议室里坐一坐，同大伙见见面，而后再回家，我已经给廖伯伯交代过了！ 社长笑指着公社的大门。

看见这么多人冒雪来迎，看到街两边闻声围来的人们眼中的敬畏神情，看见晋莓因这欢迎而在脸上露出的激动，怀宝虽然眉在皱着，心中却也高兴！ 娇美的妻子，俊俏的女儿，崭新的吉普车，欢迎的人群，这一切不能不使人高兴。一刹那，怀宝的脑海里晃过了"衣锦荣归"四个字。

走进摆了糖果点心的公社会议室，怀宝和晋莓立刻就被热烈的问候所包围，怀宝正含笑应酬时，门外忽然传来晴儿的哭声，怀宝和晋莓听了这哭声一齐扭脸去看，只见晴儿正在院中的吉普车旁抹着眼泪，她的身边站着一个虎头虎脑的男孩。 怎么了，晴儿？ 晋莓朝女儿走去。 他不听话，非要摸我们的车不可！ 晴儿指着那个男孩哭诉。 这当儿从传达室里奔出了手拿一双筷子口中还在咀嚼的双耿，双耿身后跟着手端半碗饺子的姁姁。

怀宝身子一个哆嗦：是他们？！

陌儿，怎么欺负人家女孩？ 双耿厉声训着儿子。 我没有欺负，我只是摸了摸汽车……陌儿带着哭音辩解。 姁姁这时走上前，弯腰将儿子拉开。 只是在这时，晋莓才认出了眼前的女人是谁，叫了一声：姁姁！

姁姁和双耿朝晋莓和怀宝这边望了一眼，双耿说了句：廖县长，你们忙吧！ 就和妻、儿又进了传达室里。

怀宝呆立在那儿，他曾设想了无数个看望双耿和姁姁的方式，却没有一个方式与这相同，他提了提脚想向传达室那边走，却最终没把双脚提动，他没有面对他们的勇气……

9

除夕夜吃罢饺子，怀宝正同妈和妹妹、妻子说着家常，一直沉默寡言的廖老七突然咳了一声，说：宝儿，你跟我出去一下，办点小事。 啥事？ 怀宝有些诧异。 但老七不再说话，放下棉帽上的护耳，径直走出去。 怀宝疑疑惑惑地跟着走到院里，又问：爹爹啥事？ 廖老七慢腾腾地答：去看一个人。 谁？ 怀宝再问，但老人已出了院子。

大片的雪花还在飘洒，人们白日在雪地上踩出的痕迹，正渐渐被新雪掩埋；街上空寂冷清，间或有几声啪啪的鞭炮响声。 怀宝跟在爹的身后，不知所以地走着，他知道爹的脾气，他不想给你说你问一百遍也白搭。 廖老七在前边吃力地踏雪走着，有几次脚下一滑，差点倒下去，亏得怀宝手快，急忙上前扶住。 走到街北口时，廖老七才站了说：我领你去见的这个人是个右派！

右派？ 怀宝一惊，想起自己是县长身份，我去见一个右派干啥？

他是一个有大学问的人，过去在北京大学教书，打了右派才回到这小地方来。 廖老七捋了一下自己的胡子，早几天他同我闲聊时说过一番话，是关乎国家大局的事，我想让你听听！

让我去听一个右派讲什么大局？ 怀宝有些生气。

咋着了？ 雪光中可见廖老七的双眼一瞪，你当一个县长就一懂百懂了？ 历史上有些宰相还微服私访民间的一些能人，听他们对国事的议论，兼听则明！ 你一个当官的，连这都不懂？

好，好，去见，他叫啥？ 怀宝不想在这雪地里再同爹争论。

沈鉴。 四十多岁了，你不认识。 廖老七又开始移步，边走边嘱咐：这人有怪脾气，女人也已离婚，见面时你要放下架子，顺着他！

怀宝不再言语，很不高兴地跟了爹向远离镇街的两间独立草屋走去。 门敲开后，出现在面前的是一个面孔清瘦、衣服破旧却干净的近五十岁的男子。 沈先生，这个是我儿子怀宝，来向你求教的。 廖老七哈了腰说。 沈鉴身上的那副儒雅气质和眼镜后边的那双深邃眼瞳，使怀宝把县长的架子不由自主地放了不少，他客气地点了点头，注意到这草屋内没有别人，只有锅碗和一张单人木床等极简单的用品，再就是堆在纸烟箱子上的一摞摞书报，床头小木桌上摊的是两本外文厚书。 求教不敢当，不过县长能来我这草庐一坐，我倒很觉荣幸，请坐。 那沈鉴不卑不亢地让道。

沈先生，我觉得你前天同我说的那番话很有道理，很想让我儿子听听，可我又学说不来，烦你再讲一遍，好吗？ 廖老七很谦恭地请求。

我俩那日不过是闲聊，哪谈得上什么道理，廖老伯太认真了。 沈鉴摇着头。

廖老七向儿子使了个眼色，怀宝就说：我今天是专门来请教的，请沈先生不要客气。

沈鉴看了怀宝一眼，怀宝立刻感觉到了那目光的尖锐和厉害，仿佛那目光已穿透了自己的身体。 我是一个右派，你一个县长来向我请教，让你的上级知道了，不怕摘走你的乌纱帽？

怀宝身子一搐，这句话按住了他的疼处。 但他此时已感觉到姓沈的不同常人处，或许他真能讲出很有见地的东西，听听也好。 于是他急忙将自己的不安掩饰过去，含了笑说：今晚咱俩都暂时把自己的身份抛开，我不是县长，你不是右派，咱们只作为两个街邻闲谈！

街邻闲谈，好，好！ 既是这样，咱就算闲谈瞎说。 不过，廖老伯，你还是请回吧。 虽是闲谈我也不愿我的话同时被两个人听到，一人揭发不怕，我怕两人证死，日后你们父子两个证明我大放厥词可就麻烦了！ 请老伯勿怪。 说罢沈鉴哈哈大笑。

沈先生开玩笑了！ 廖老七也笑着说，但还是拉开门走了出去。

怀宝，你在政界做官，对政界的气候最近有些什么感觉？ 沈鉴扶了扶眼镜。

感觉？ 怀宝一时说不出，除了感觉到"忙"，他确实没想更多的。

有没有要出点什么事儿的感觉？ 沈鉴的眼睐了起来。

怀宝摇了摇头，他没有装假，他的确没有这种感觉。

那就罢了，既是如此，我们就不从这里谈起，我们从毛主席谈起，好吗？ 待注意到怀宝神色一变，沈鉴笑了，不要紧，没人会证明我们曾经谈起过他！

怀宝既未点头也未开口，只摆出一副听的姿势。

别看他把我打成了右派，我照样认为，他是一个非凡的人，他通晓中国的历史文化，深谙这个社会的内部结构和运行规则；他具备出众的组织才能和驾驭手腕，善于处理、调动权力系统内部复杂的矛盾关系；他具有一般党内实干家所不具备的理想主义精神，他尽管出生于韶山冲这一偏僻的山村，但那块土地上却有着楚汉浪漫主义的悠久文化传统。他天生的诗人气质与后天得来的广博知识相结合，形成了他独特的、充满个性的理想。近代中国就需要这样一个人！触目惊心的国耻大辱，愈演愈烈的社会动乱，民族文化的深刻危机，社会道德的沦丧败坏……当袁世凯、张勋等各种权威人物被证明并不能拯救这一切时，他理所当然地从社会底层走上来了！

他掌握了这个巨大的中国之后，便满怀信心地要把他的社会理想付诸实践。这同时，他也像中外历史上所有获得统治国家权力的人一样，时刻存在着三种担心：第一是担心被他领人打倒的旧统治势力伺机反抗和破坏；第二是担心知识分子对他的社会理想付诸实践说三道四，他知道知识分子总要有一些不同政见，总要对这有看法对那有意见，他们的这种特点在夺取政权时可以利用，在巩固政权时就更要警惕它涣散人心的作用；第三是担心自己的战友、同伴、部属中出现不满、不理解，甚至反对自己治国行为以致想要篡权的人……

怀宝有些茫然地听着，他不知道沈鉴的这番谈话最后将要到达一个什么地方。

为了解除第一种担心，他组织进行了镇反、肃反，使这方面的问题基本得到解决；为了消除第二种担心，他组织进行了知识分子改造运动和反右派斗争，从而使大多数知识分子学会缄口；对于第三种担心，因当时除了高岗、饶漱石事件之外，还没有发现更多的根据，所以暂时没采取更具体的措施。在这同时，他的改造社会的理想开始付诸实践，他主要办了两件大事：一件是生产资料所有制的社会主义改造；一件是总路线、"大跃进"、人民公社的推行。后一件完全失败了。这两件事你都是参加者，不用我说你也知道。

怀宝用一个一闪而过的微笑做了回答，既未点头也未开口。

他在经济工作中的分量开始减轻，他带着深深的不安退居二线，让刘少奇主持国家的日常工作。这时知识界出现了怨声，他的战友和同伴中也有人开始抱怨。此时，他掌权之初那三种担心中的后两种担心开始变重，他谙熟中国政治理论及中国历程，对大权旁落的政治威胁特别敏感，他有了危机感。赫鲁晓夫否定斯大林的报告和做法使他这种危机感加重了。

他的危机感加重是有表现的，不知你注意到没有，他开始把意识形态领域和知识分子中的问题看得十分严重。他在一九六三年十二月和一九六四年六月两次作了关于文艺的批示，认为文艺界许多部门至今还是"死人"统治着，已经跌到了修正主义的边缘……这方面的讲话和文件愈来愈多，他估计中央已经出了修正主义；一九六二年，他在八届十中全会上讲了党内反修问题；前年六月，他在一次会议上又说：传下去，传到县，如果出了赫鲁晓夫怎么办？中国出了修正主义中央怎么办？这个话估计你已知道，我还是听我的一个朋友来信说的。

他的这些话绝不会是仅仅说说就放那里了，不会的，他一定会采取行动，这个行动的样式和规模我不知道，也不好预测，但有一条我可以告诉你，就是这个行动的规模不会小了！这就是我刚才问你有没有要出事的感觉的缘由。

怀宝震惊地看着对方，他被对方的这个预言惊住了。

这就是我今晚愿意同你说的！但同时我也告诉你，我今晚什么也没说，明白吗？沈鉴狡黠地望着他……

10

回县里后整整一个星期，怀宝都没睡好觉，他一直在想着沈鉴的那些话，他这时才知道自己对政界大局所知很少，对政治这东西所懂不多，自己以往只能算是有点政治意识。沈鉴说的那些话究竟有无道理他做不出判断，他有时想沈鉴是一个右派，对现实不满，那八成是他所做的一种蛊惑宣传，不必相信。有时又觉得他的预言有些道理，自己应该早做准备，他甚至仔细地回忆了自一九六一年以来自己所做的主要工作，看看有无把柄落在外边，贯彻"调整、巩固、充实、提高"的经济工作方针，这是按中央指示办的；组织向雷锋同志学习，这是响应毛泽东的号召；开展农村社会主义教育运动，这是中央布置的。每一项工作自己都没乱搞，别人抓不到什么，即使真出了什么事，也没有什么了不得的！

春节后各项工作如常，日子像以往那样过去，不但没有什么大事情发生，相反从专署还传来一条消息，说很可能调他去地委当秘书长，秘书长就是副专级干部。这传闻虽未得到证实，但怀宝也很高兴，这起码证明上级对自己的看法不错。

此后他工作更加认真，争取真的能调到地委去，他这时做工作都已是轻车熟路，在一件一件的工作中，沈鉴的那个预言在他脑子中的位置越来越靠角落。正因为如此，他忽略了好多先兆，对许多现象未加分析，直到那个上午来临。

那是一个天空多云的星期一上午，早晨他起来得很晚，前几天他去一个偏远的山区公社检查工作，星期日晚上才赶回家。和晋莓几日不见，晚上上床时事情做得太久，加上几天的劳累，一觉醒来竟快十点，他匆匆洗漱吃了两口饭，就提了皮包去机关，进了机关院远远看见办公楼前有不少人在围着看什么东西，走近方见是沿墙贴了几十张大字报。他当时还未在意，这段日子县里几所中学开始"四大"，贴了不少学校领导的大字报，这事他知道。他估计八成是学生把那些大字报贴到这儿了。并未就这事产生更多的联想，学生们写点大字报还能算什么大事？直到他从那些大字报中看到一行大字标题：《廖怀宝，你这个走资本主义道路的当权派往哪里躲？》他才蓦然把眼睛睁大，才觉得心脏似骤然停跳！ 这时，他才突然想起，就在他这次去山区公社检查工作前的那个早上，办公室秘书给他送来一个传阅文件夹，上边有一份中央文件，好像是一个通知，说的是进行"文化大革命"的事。 他当时因为急着动身，只翻了翻，没有细读，以为"文化大革命"是思想文化界的事，便没在意。 莫非这就是那个通知的结果？

他的眼睛在大字报上又看到了县委书记、副书记的名字，看来并不是针对自己一个，而是整个党委和政府，这是要干什么？ 这不是一桩小事，一般人不敢这么干，他一下子想起了沈鉴的那个预言。

他倒吸了口冷气……

11

晋莓被突发的一连串事件击蒙了：住所的院里院外贴满了大字标语和大字报，三间住屋被翻抄了一个遍，怀宝被剃了光头拉到体育场批斗，剧团里成立的所有战斗队都不让她参加，走到街上随时可以听到人们骂她当权派的"黑老婆"……

过去所有让她引为自豪的东西顷刻间全部消失，她和她的一家一下子坠入了社会的谷底。

最初的惊恐过后，她感到的是愤懑，她骂，骂一切翻脸不认她的人。 每当她开口骂的时候，怀宝总是害怕地制止她，她于是转而把怒气对准了怀宝：你这个胆小鬼！ 经过批斗游街的怀宝，脸上是一副疲惫萎靡颓唐之气。 晋莓骂罢，又心疼地上前抱紧了他。

过去不曾想到的压力，在继续向她这个三口之家涌来。这压力中最大的一股来自晋莓自己的家庭。 晋莓的父母过去在县城开一间杂货铺，如今是县商业局的干部，两人当初对长女同怀宝这个县长结婚，都是十二分的赞成，而且把女婿作为炫耀的资本。 晋莓的妈对女婿和外孙女喜欢关心得更是出奇，三天差不多要向女儿家跑去两次。 但这都是过去的事了，如今，这对做岳父岳母的却为有这样一个女婿后悔不迭：先是晋莓弟弟的对象因怕有这个走资派姐夫退了婚，继而是晋莓的两个妹妹在学校当不了红卫兵被列入了“黑七类”，再是晋莓的爸妈被本单位里的人称作了铁杆保皇派。于是一大团怒气就郁积在了做爸做妈的心里。 那天晋莓领着晴儿提个瓶子来家想舀点甜酱，甜酱是怀宝平日爱吃的东西，妈每年都做了不少放那里，过去，隔段日子妈总要送去一瓶，这段时间不见妈去，晋莓就自己来拿。 未料刚进屋，妈一看见她手中的瓶子，竟发了脾气：怎么，又是要甜酱？我这甜酱就是给你们做的？ 吃完了就来，还有完没完？ 晋莓先是一愣，见端坐一旁的爸爸也冷着脸，随即就也把眼睛瞪圆怒道：你不给就算，好稀罕！ 过去不是你说甜酱吃完就讲一声吗？ 做过杂货铺老板的晋莓妈嘴头子厉害：我说过一句话还能管一辈子吗？ 你们是什么大人物，非要我们伺候不可？ 一句话噎得晋莓脸红脖子粗，半天喘不上气，等终于缓上气后，晋莓哇的一声哭了，晴儿也随即哭了。 做妈的见女儿哭得那样伤心，心也一软，就上前抱了女儿诉说：我也不是嫌你们来舀点甜酱，实在是为怀宝的事心里憋闷，眼睁睁一个家让他给全毁了，咋办呢？ 你弟弟妹妹们有他这个社会关系日后的前途咋整？ 他已经成了走资派，出头的日子没了，眼见你年轻轻地拉一个孩子要跟他受一辈子苦，我这心里好受？……娘儿俩说着说着就哭成了一团。

12

怀宝胸前挂着纸牌向那辆拉他们这些走资派去各社巡回批斗的卡车走时，腿软得已几乎迈不开，这一方面是因为连续几天巡回批斗太累，更重要的是因为今天要去柳镇。 柳镇，那是他的家人所在地，是他走进政界的起点，是他熟人最多的地方，那里还有让他见一眼心里就发虚的妁妁和双耿。 他不愿去，实在是不愿这样回到柳镇，哪怕去另外的地方再加斗两场也行。

但卡车还是开动了。

车到柳镇时径直开进批斗会场，会场就在公社门前的广场上。 迎上来押他们往台上走的他大部分都认识，多是公社里的一般干部，春节他回来时也是这些人冒雪在街上迎候，那时候他们一个个笑得亲切、真诚、好看，如今却一律的满脸冰霜、竖眉瞪眼。 在这一刹那他又一次想到了"权"这个东西实在太神奇。 有它和没它会使一个人在世上的地位截然相反。 杂种！ 只要老子还有将来，决不会让"权"从手边溜走，我早晚还要把它抓住！

他被押到台上时他听到下边起了一阵骚动，抑得很低的声音不断地撞进耳中：……那就是廖怀宝！ ……天呀，过去多威风，如今……这县长也是不好当的……他家祖坟上的风脉也许破了……人哪……

他向台下看的第一眼就碰上了沈鉴的目光。 沈鉴抱了个扫帚站在台子一侧，似乎是刚刚扫完了什么地方来的，沈鉴的目光中带了一点笑意。 一触到他的目光怀宝又想起了他那个预言，这个人确有眼力！ 自己将来若有机会，一定要跟他学点东西。

台下响起了口号，批判会已经宣布开始，口号中有"打倒廖怀宝"什么的，接下来有人在念批判稿，他没有认真去听，他对这些已经习惯，但他担心这些会给他的父母家人带来巨大的压力。 他不时借整理胸前的纸牌侧一侧身，用眼的余光去搜索家人，家人没看到，却看到了怀抱孩子的姁姁。他只看了姁姁一眼，就急忙把目光闪开。 他原以为姁姁的眼睛里肯定是一副幸灾乐祸的神情，却未料到在那双他熟悉的美目里，只是一种茫然和淡漠，他的心一缩。

因他不断地想用目光寻找家人，原本低下的头不觉间抬了起来，两个看押的红卫兵见状，猛朝他的头和颈上捶了几拳，猝不及防的他只觉两眼一黑，便向地上扑去。 在这同时他听到了台下响起一声惊呼：我的宝儿——是娘的声音！娘！ 她倒在了地上……

六

　　廖老七面孔阴郁地走进公社大院，两只老眼机警地在院内一转。 院子里空旷无人。 正是吃饭时分，公社干部在食堂陪押解走资派来的县上人吃喝；公社的会议室里，几个与怀宝同时来挨斗的走资派在那里闷头喝着稀面条；会议室旁边那间空房里的一张乒乓球桌上，躺着昏昏沉沉的怀宝。 没有人注意到这个伛腰缩背的老人的到来。 门开着，他闪身进去，把门掩上。 儿子就躺在面前，双眼紧闭，面色蜡黄，头发蓬乱，他简直不敢相信这就是他那个一呼百应令他骄傲的儿子！ 世道变得这样快？ 难道我廖家的气数真的尽了？不！ 我不信！ 他昨天专门去廖家祖坟上看了看，一切如常，坟地中央大楸树上落喜鹊的"凤巢"和树根部那个钻蛇的"龙窟"都如原样，没有跑脉的迹象！

　　他阴鸷的目光向室外扫了一下，赶忙走近乒乓球台，抓住儿子的胳膊使劲晃了晃，昏沉中的怀宝慢慢睁开眼来。

　　怀宝，看见我了吗？ 廖老七压低了声音问。

爹。 怀宝微弱地叫了一句。

听着！ 廖老七眼直盯着儿子说，待一会儿你要忍住疼，来，把衣角咬在嘴里！ 说罢，撩起儿子身上的衬衣衣角朝他嘴里塞去。 接着把别在裤带上的一块钉有一排铁钉的木板取下拿在手中，先看了一眼儿子，而后咬起牙猛朝怀宝屁股打去。 怀宝痛楚地低叫了一声：呀！ 廖老七不管不顾，又猛从怀宝的屁股上把有钉子的木板拔下，鲜红的血通过那些钉眼迅速涌了出来。 廖老七这时把木板掖进自己裤腰里，开始把怀宝屁股上流出的血用两手一抹，在怀宝的白衬衣上和脸上、胳膊腿上抹开了。 接着，又飞快地把儿子抱放到乒乓球台下，又把墙脚的几块碎玻璃和半截砖扔到儿子的身边，再把手上的血朝地上甩了几下，这才嘱咐怀宝几句后，匆匆离去。

廖老七刚走到公社大门口，就听见院中有人喊：快呀，快呀，老廖出事了！

不一会儿，躲在公社卫生院附近的廖老七，看见几个人七手八脚地抬着怀宝向卫生院跑来。 急诊室里的一名医生让把怀宝放在诊台上，而后把抬送的人以防止把细菌带进室内为名赶到室外。 半小时后，那医生满头大汗地出门摘下口罩声调沉重地宣布：你们送来的人脊椎骨骨折、内脏出血，需立即住院手术，否则有生命危险！ 那负责押解的人中有一个就急忙跑回公社大院向县里打电话请示。 一刻后又跑来向医生交代：上边同意让他就地手术治疗，你给我们写个诊断证明就行；他什么时候可以走路了你要报告我们！ 那医生就急忙点头写证明。

2

娘的棺材由堂屋中向外抬时，怀宝只敢站在厢房门后隔着门缝向外看。 娘是那天在批斗他的会场上晕倒得了脑溢血，于几天后去世的。 是为心疼自己而死的！

没有响器班子，没有鞭炮，没有火纸，更没有花圈。 爹和妹夫以及两个邻居抬着那口薄薄的棺材，缓缓向院外走，棺后只跟着低声抽泣的妹妹。

他多想冲出去，扶棺哭一顿，可是不行，他现在必须装成一个脊椎骨骨折卧床不起的病人，倘若他一旦出门让人发现，爹使的这个苦肉计就完了，他就要重新回到批斗台上去。

他一直默站在门后，望着空旷的小院，直到爹和妹夫、妹妹从墓地回来。 妹夫和妹妹因怕受他这个"走资派"哥哥的连累，进院放下抬棺材的家什，便出门回他们的家了。 怀宝看见爹一个人在院里枯坐抽着旱烟，一袋连一袋，直到暮色压进院来。

就在暮色渐浓的当儿，一阵踢踏的脚步声响到院里，怀宝辨出，那个模糊的身影是右派沈鉴。 廖大伯，想开点。他听到沈鉴在对爹说。

没啥，我能想开。 怀宝看见爹缓缓起身，用烟锅指了一下怀宝住的屋子，他住那屋，你，劝劝他。

怀宝坐在床边，静听着沈鉴和爹的脚步声移近了，门推开后，屋里屋外的黑暗融为一体，怀宝看不清沈鉴脸上的神色。谁也没去点灯，三个人都在黑暗中坐着，片刻之后，怀宝先开口：沈先生，你的预言挺准！

沈鉴的声音仿佛带了笑意：人们既然心甘情愿地把一个人抬向神坛，就应该接受他从坛上撒下的东西。他依旧说得不紧不慢，平静异常。

唉！怀宝明白他所指是谁，叹一口气。

不过你别害怕，一个人倒不是就也躲不开。沈鉴仿佛是在笑着。

是吗？怀宝觉得心神一振，沈鉴上次谈话的应验，使他对沈鉴的话不敢看轻，何况，他现在也迫切想知道自己避开灾难的办法。

他们发动这场运动的目的，并不在于和你这个县级干部过不去，你只是一个陪者，你现在所做的只是让人们忘却你就行，人们忘却你越彻底，加诸你的危险就越小！眼下这个办法就好，要让人们相信你已经骨折并且有瘫痪的可能，懂吗？

怀宝急忙点头。

沈先生，这次怀宝要是躲过大灾，我廖家会记你一辈子恩德！廖老七暗哑地开口，然后转向怀宝：宝儿，让你摔伤就是沈先生教我的主意。

谢谢沈——

街上蓦然传来几声狗吠。

怀宝戛然噤口。

屋中又只剩下了寂静……

3

晋莓走出剧团大门的时候，天差不多黑了，街上的路灯已挤出了几缕昏黄的光。心中所受的刺激和下午打扫剧场的疲劳，使她连步子也不想迈。出剧场沿街走几百米，是一座石桥，走到桥边时，她无力地在桥头坐下了。

晋莓望着桥下那近乎凝固的河水，心中又想起了下午的那一幕：下午，她和本团另外几个黑帮一块儿打扫剧场。舞台上，本团造反派新成立的毛泽东思想宣传队正在排演节目，看着舞台上那些蹦蹦跳跳的演员，再望望自己手上的抹布和笤帚，她的心中憋闷得厉害。

想当初进剧团时，因为她的嗓子和身段相貌都很漂亮，她很快就成了台柱子。每次演戏，只要她一出场，准会有掌声响起。在和怀宝结婚前的那段日子，她几乎每天都要收到男人们的求爱信，那其中有些信让她读后真是心花怒放，促使她最后选定怀宝做丈夫，除了对他的爱慕之外，也是因为县长夫人的生活最引人注目，她愿意自己此生的生活能永远吸引人们的目光。没想到生活会突然来了个颠倒，唉……怀宝……

嘚，这不是晋莓吗？一个骑自行车的男子忽然停在了晋莓身边。晋莓抬头一看，认出是县红卫兵造反总司令部的副司令蒙辛，此人早先是县文化局的一个股长，当年也曾是自己的一个狂热追求者。她知道如今不能怠慢这人，忙站起身应了一句。

是要回家吧？来，我顺路送送你！那蒙辛边问边不由分说地拉过晋莓，就要她坐在车后座。晋莓见状不好再推，只得坐上。没走多远，车至一暗影处，蒙辛的车把一歪，蒙辛和晋莓同时倒地。吃了一惊的晋莓刚要从地上站起，不想蒙辛这时已麻利地爬到了她的身上，口中还喃喃说着：可该我来尝尝味儿了吧？晋莓被这突然而至的侮辱气蒙了，她用尽全身力气一把将蒙辛推了个狗爬，同时迅疾地从地上摸了一块砖头跳起来叫：姓蒙的，小心我砸死你！

蒙辛悻悻地爬起来，讪讪地笑道：你别凶，如今不是过去，我只要看中了你，你就是我的！我是真心喜欢你，我想你想了多少年了！再说，廖怀宝有什么好，如今不过是一个我随时可以摆弄的东西——

晋莓没有再听，只是捏紧手中的砖头，转身就走，走出几十步后，才抬手去抹屈辱的泪水……

4

一个飘着细雨的傍晚，廖老七正在做饭，忽见晋莓拉着晴儿进了院子。老七脸上笑着，把母女俩让进堂屋后说：你们先坐，我去看怀宝醒了没有。　其实怀宝那阵早听见了妻子、女儿的说话声，正急着披衣起身要过来相见。　老七推门进了厢房看见儿子的激动样子，忙压低了声音说：你慌啥子？　先躺下！　我们还不知道晋莓来是要干啥，女人的心像小孩的脸，容易变，这年月不能不防！　你要告诉她你是脊椎受伤，不能动！

怀宝对爹这话有些反感，不过听出有些道理，就只好又躺到床上。　老七这才过去喊儿媳、孙女过来，说怀宝已经醒了。　那母女俩进了厢房看见怀宝躺在那里浑身缠着绷带，都扑到他身上哭了。　怀宝那刻被妻子女儿哭得心里发酸，也流了眼泪。

在回答了晋莓的一番询问后，怀宝就开始问到晋莓她们母女的生活情况，晋莓哽咽着说：生活上难点没啥，就是文化局那个叫蒙辛的老去纠缠我。　他如今是县造反总司令部的副司令，咱不敢不让他登门，可让他登门我又害怕，他总劝着要我跟你离婚，跟他过日子，我听着恶心透了。　他说他不达目的决不罢休，我实在是怕出事，便领着晴儿回来，咱们一家人住一起，我也好照应你……

怀宝听得又气又喜，气的是蒙辛那个杂种，敢欺负我的妻子，狗东西；喜的是晋莓对自己的忠贞。　一直站在一旁的廖老七，这会儿脸上的阴云却越来越多，他看见儿子冲动得从床上一骨碌坐起，急忙重重地咳了一声。

怀宝听见了那声咳，抬头一看爹的脸色，一怔，将那股冲动压下了。

晚饭是晋莓坐在床头喂怀宝吃的。饭后，晋莓去灶屋洗刷锅碗时，廖老七走到儿子床头，压低声音说：晋莓不仅不能在咱家久住，而且你还要和她离婚！

为啥？爹，你疯了？！怀宝被这话惊得一下子坐起，眼极度地瞪大。

你想，她是被县城里的造反副司令纠缠上的，那副司令要是发现晋莓不在县城而是住到了柳镇咱家里，他势必会想法找来的；他要看晋莓还铁着心要做你的妻子，他就不可能不想法来找你的事！如今，一个造反副司令，用批斗的方法弄死你一个两个廖怀宝可是如同踩个蚂蚁！要是弄残疾，那就更容易！

啊？怀宝被爹的这番分析骇愣在那儿，双唇张开久久没有合上。

你仔细想想，是要一个女人还是要自己的性命，要将来的前途！他们只要把你弄残疾，你这辈子就算完了，日后就是有再大的官给你当，你也当不成了！而我看这世道是早晚要变的，有乱就有不乱，一旦不乱时，说不定会再让你当县长！我还是要给你重复那句话：这世上的漂亮女人多的是！……

爹，别说了，你让我想想，求求你，别说了！怀宝朝爹挥着手。廖老七朝门口走了一步，又回了头微声交代：既是已经给晋莓说了你是脊椎受伤，躺那里不能动，那你今晚和她睡一起时，可不能做那事，以免让她看出破绽——

爹！怀宝脸红得如流血了一样制止父亲说下去。他感觉到心里起了一股对父亲的恨。

爹终于走了，怀宝重又躺在床上，呆着眼去想爹的那些话，尽管有那股对爹的恨在干扰他的思考，他还是想通了爹说的那番道理。蒙辛既是看中了晋莓，不到手他是不会轻易罢手的，有没有别的办法？思来想去也没有。嗨，女人哪，你他妈的为啥要长得引人注目？

晋莓在灶屋洗刷完锅碗安顿好晴儿睡下之后，来到怀宝身边准备歇息。她在丈夫的身边另抻了一床被子，麻利地脱着自己的衣服。怀宝毕竟很长时间没见妻子了，一看见晋莓那雪白丰盈的裸体，就激动得手打哆嗦，以他心中的那股欲望，他是真想翻过身去压到晋莓身上好好揉她一番，但他一想到自己刚下的那番决心，便猛地咬一下舌尖，在尖锐的疼痛中把一口带血的唾沫咽进了肚里……

5

第二天上午，廖老七把晋莓叫到堂屋，话音沉重地说：孩子，有件事我不能不给你说明白，怀宝被他们打伤了脊椎，医生说他后半辈子要瘫到床上。他不想再连累你，他已经下了决心同你离婚……晋莓被惊呆在那儿，好久之后才开口说：爹，他瘫了我养活他，我决不能在这个时候离开他。老七又急忙摇头：你的这份情意我和怀宝俺们父子都会记在心里，只是你带一个孩子再伺候一个瘫子过日月可是太难；再说他还是啥子走资派，这帽子压到你和晴儿头上可是不轻，就是为了晴儿你也该离开他……

晋莓哭得捂住了脸。这当儿廖老七进屋收拾好晋莓和晴儿母女的东西，拿出来递到晋莓手上说：走吧，权当是为了晴儿！唉……

晋莓哇一声冲进厢房扑到怀宝身上，怀宝那刻闭上眼睛啥也不敢说，他担心话语里会露出什么。晋莓眼见公公和丈夫都没有安慰自己软下心的样子，再想想自己的艰难，想想自己母亲说的那些挖苦话，心真如刀割。但她仍坚持在廖家住着，不过住了三天，廖老七吃饭时就黑丧着脸，一副要赶人出门的样儿。有天早饭时，晴儿嫌红薯面稀粥不好喝，廖老七就话中有话地斥道：嫌这儿的饭不好就滚回你们县城去！晴儿被吓哭了，晋莓那刻一怒之下扔下手中的碗，转身拉了晴儿就走。

怀宝在厢房听见妻子女儿哭着出门的脚步声，忍不住跳起身扑到窗前张嘴要喊，口刚张开又被爹紧忙捂住了。

晋莓和晴儿走的当天，廖老七就以自己的名义，给县造反总司令部的副司令蒙辛写了一封信，说明自己的瘫痪儿子廖怀宝决定和晋莓离婚，对她今后的生活不再负任何责任……

那天晚上，怀宝僵了似的仰靠床头，不吃不喝双眼紧闭。哈哈！没了，啥都没了，官职、名誉、家庭、妻子、女儿，什么都没了！奋斗了这么多年，原来如此！当初兴冲冲走进县城，如今孤零零躺到柳镇，而且让娘为你担忧而死！这一切全因为当官！当官！你为什么要去当官？……

乾隆二十八年……不知什么时候进了屋的廖老七这时突然低沉地开口，声音惊得怀宝身子一战，他睁开了眼。

韩州知府赵崇光，因同僚谗言害他治河不力，皇上发怒，立刻传旨把他削职为民，并遣往西北不毛之地——

途中，妻、女、儿相继病死，可怜赵崇光咽苦入胸，忍辱活下去，四年后，谗言破。皇上想起赵崇光，又即封他为河务大臣，总理黄河河务，官职比原来还高出一品。不过半年时光，赵崇光又娶妻纳妾，仆从如云……

说这些干啥？怀宝直直地盯着爹爹……

6

一个无月的晚上，双耿带着妁妁来看怀宝，怀宝那刻正在让爹给自己身上的伤口换药，见二人进屋，有些尴尬，一时不知说什么好。倒是双耿先开口：怀宝哥，伤怎么样？想开点。边说边蹲下身帮着廖老七换药。怀宝想起自己当初对双耿所做的那些事，想来点解释，刚说了一句：双耿，你撤职时……话就被双耿拦住：还说那些旧事做啥，如今看来，那对我倒是一件幸事，若我还在职，这场运动中我不死也要蜕层皮了。廖老七怕两人在这个话题上扯久了对怀宝不利，急忙岔开问：双耿，听人说你在试种新小麦，可是当真？ 双耿就答：是的，老伯，我培育了几个高产品种。 我是种庄稼的出身，不摸弄庄稼急得慌，刚好如今也有空闲，读了点农学书，就在公社院内的空地上做了点试验。 只是眼下乱成这样，好品种也无法推广……

姁姁自始至终没有言语，只是默默坐在一张椅上，偶尔把目光朝怀宝一扫，又迅疾离开，临走时也只是朝廖老七点了点头。 怀宝估计，姁姁是为当年双耿被撤的事生自己的气，唉，宽恕我吧。

怀宝这段日子过得倒是安稳，只是从县城传来的有关晋莓的消息令他心碎。 最初的消息是晋莓成了造反副司令蒙辛的妍头，后来传说她当上了县毛泽东思想宣传队的队长，再后来又传说她同蒙辛结了婚。 这每一个消息都如砍在他心上的刀，要他咬几天牙才能撑过去。

这段日子也恰恰是县城造反派组织对"走资派"批斗最积极、最频繁、最严厉的阶段，县委齐书记就是在这个阶段被批斗死的。 消息传到怀宝耳中时，怀宝浑身陡起一层鸡皮疙瘩，一种由心底生出的后怕使他几夜没有睡熟。

这之后局面开始演变，造反派们开始内讧，并渐渐发展成了武斗，人们都在关心本组织能否在武斗中胜利，"走资派"慢慢被人们忘记。

一天夜里，沈鉴来看怀宝，见他正百无聊赖地翻看那些红卫兵小报，便说，你何不利用这个机会读书，以后万一有复出机会自会有用！ 怀宝觉着这话有理，反正闲也是闲着，何不找点书来读读，也许以后真有用处！ 在他的内心里，恢复职务重新掌权的愿望一直没丢。

怀宝自此开始读书，他读的书主要是两类：一类是历史上关于政治权力斗争方面的书，这是他从爹爹那些藏在夹壁墙里的旧书中找到的；一类是国内外研究政权更替规律执掌方法方面的书，这是他从沈鉴那里悄悄借来的。 读第一类书，使他看到了历朝历代人为维护权力或夺取权力费尽了多少心机、使用了多少计谋、付出了多少血泪。 读第二类书，让他明白了政权形式如何随着人类生产方式的发展而不断变化，懂得了权力执政者应具备的诸样条件。 像这样比较系统仔细地读书在他还是第一次，他觉得自己对"政治"这个东西更有数了，对如何掌权更有底了，他渴望尽早返回政界一试。

7

怀宝的隐居生活一直持续到县革命委员会成立。 革命委员会成立后不久开始解放一批干部，怀宝便也在其中。 又过了些日子，县革委派人送来了一份通知，说已任命廖怀宝为新建的双河五七干校的副校长，如果身体康复就上任，未康复仍可在家休养。

怀宝读罢通知后心中热凉参半，热的是从今以后，自己也算革命干部而不属"走资派"，压在头上的那顶沉重帽子总算摘了；凉的是党只让当了个干校的副校长。 双河原是柳镇公社辖区里的一个村庄，从一九五八年起专区在那里办了一个农场，现在兴办五七干校，这里又成了专区的五七干校，去这样一个地方有什么干头？

廖老七从怀宝手中接信看过之后，不声不响请来沈鉴。沈鉴一进屋就双拳抱起说道：恭喜恭喜！ 怀宝苦笑着摇头：有什么喜可恭？ 不过是去农场当个领工！

错，错，错！ 沈鉴急忙摆手，清瘦的脸上浮出肃穆之色，这个副校长的位置要用你们官场的术语来评价，叫看似"苦差"实是"肥缺"！

肥缺？ 怀宝一愣，他对沈鉴的判断越来越信服，所以心情一振。

是的！ 据我所知，在双河五七干校里的人，全是原苑阳专区苑阳地委的干部，这是一批重要的资源，你去那里工作，若能保护好他们，于国于己，都极有利！

哦？ 怀宝的眸子一旋，说下去。

你现在在社会上有没有体察到一种情绪？

啥？

不满！ 一种不满情绪正像瘟疫一样蔓延。 这种不满存在于像你这样被打倒的干部和家庭成员身上；也存在于像我这样在政治运动中受到打击的人及其家庭成员身上；还存在于相当一部分学生出身的红卫兵身上，他们有一种被利用被愚弄的感觉；更存在于大部分的工人、农民身上，他们处于生活资料和生产资料的生产的第一线，知道生产已经萎缩到了什么程度，对穷困生活的体验也最真切，因此，他们当然也要生出不满。 再就是知识分子，这批人一直处在不被信任的位置上，差不多每次运动，都是先拿他们开刀，因此不满在他们身上由来已久。 还有，在党内高层领导中，由于林彪的背叛，一些干部对他用人政策的不满开始表现出来。 所有这些不满，正在悄无声息地汇合扭集，变成一种躁动的社会情绪，这股躁动情绪是要在政界寻找允许其喷发的代表人物的，这些代表人物将选择合适的机会打开泄阀引导这股情绪喷发出来，从而来创造另一种局面……

怀宝浑身骤然一冷。

怕吗？ 沈鉴的眼机警地一瞪。

怀宝急忙摇头。

那一天一旦来临，怀有那股不满情绪的在政界的代表人物是要有所动作的！ 现在还很难预测那动作的具体内容，但有一点可以肯定：现存的局面必须根本改变！

怀宝的眼瞪得滚圆。

而要根本改变眼下的局面，首先需要有干部，现在台上的干部大部分不能完成这个任务，那就需要另一批干部，这另一批干部就是过去被打倒的那一批，就是现在双河五七干校劳动的那一批，包括你自己！ 你想想，假若你当副校长保护了这批干部……

怀宝没有再听下去，他的目光已透过墙壁，飘向十二里之外的双河，但愿沈鉴的这次判断仍然正确，命运，你已经折磨了我几年，你应该给我一个重要机会……

8

戴化章拄着铁锄喘一阵气，待喘息变匀，才去裤腰上摸出那个装了凉井水的玻璃酒瓶，拔了塞子，往口里倒了一阵凉水。心里觉得好受些了，他这才抬头去看太阳。太阳就要当顶了，可分给他锄的这亩玉米才锄了一半，他不敢再歇，完不成任务怕又要挨回头批斗，忙弯了腰挥起铁锄。太阳的温度是越发高了，仅仅几分钟之后，大串的汗珠便又从他消瘦多皱的脸上涌出。他没有停，也不敢再停。

戴化章做梦也没想到，身为副专员的他，有朝一日会被拉到柳镇双河干校锄地。锄地他倒不怕，自幼就干惯了活，尽管因为这些年有病身子虚弱干一会儿就喘得接不上气，但干活他能忍受。他就是觉得委屈。我戴化章自参军到现在出生入死、任劳任怨，对共产党从无二心，为什么要对我这样？毛主席呀，你老人家究竟是怎么回事？

太阳的温度在继续升高，他再一次觉到了头有些晕，便停了锄，又去摸裤带上拴的那个玻璃瓶，他刚刚喝了一口凉水，背后突然传来一声冰冷的低喝：戴化章，你又在偷懒！

没，没。戴化章慌忙扭过头来，一看见是他们这个学员队的副队长，心立时一沉。

没？那副队长讪笑着走近前来，没有你怎么才锄到这里，嗝，你干活时还敢喝酒?! 他边说边猛从戴化章的手中把那个玻璃瓶夺过，啪的一声摔碎到田埂上。 不是，那不是酒! 戴化章急忙辩解。 你这个死不悔改的东西还敢犟嘴! 他啪地打了戴化章一个耳光。 脾气暴躁的戴化章双眼一下瞪大，将目光中的愤怒向对方砸去。 你瞪什么眼? 他扬手啪地又打一个耳光，戴化章被打得身子一晃倒在了地上。 此时，几十米之外的田埂上，默默站着新任副校长廖怀宝，今天是他到任后的第一次田间巡查。 他已经看出了那挨打者是谁，但并没有立刻赶过去劝止，他先是感到惊异，在他的印象中，戴化章一直是个威风凛凛的领导，可现在一个普通管理干部竟然可以随意打他的耳光。 唉! 我们每个人都有命定的劫数，戴化章，为了你曾经羞辱捆绑过别人，你也尝尝这耳光吧!

就在怀宝要抬脚向前走时，忽见戴化章摇摇晃晃地又从地上站起来，瞪了眼嘶声问：你为什么打人? 我打你了，怎么着? 那副队长双手叉腰站那里嘲弄地反问。 但他的话音未落，只见戴化章忽地抡起手中的铁锄，径向那副队长的腰部砸去。 怀宝只听噗的一声闷响，那副队长便重重倒地滚了起来，怀宝被惊呆在原地，一刹那他又想起了戴化章当年挎枪出现在柳镇街上的威武形象。 这当儿，跟随那副队长一块儿来的一直站在一旁看热闹的另外两个工作人员，已冲上去扭住了戴化章，边叫骂边在他身上乱搐。

怀宝快步上前高声喝问：怎么回事? 那俩人闻声凶凶地

扭过头来，待看清是新任的副校长，才大声解释：这家伙竟敢行凶打我们副队长！ 看我们揍死他。 说着就又动起手来。 这时围观的学员们只默默站一边看。 戴化章早已被打得满嘴是血遍身是伤，但他执拗地站在那里并不求饶。 怀宝冷冷地对那两个管理人员叫道：算了，现在打死他算是轻饶了他，把他带回校部，看我们怎么惩治他！ 那两人闻言住了手，悻悻地弯腰抬起仍在地上滚动呻吟的副队长，走了。

9

夜色将双河干校完全罩起的时候，怀宝手捏一个纸片，匆匆向临时关押戴化章的那间平房走去。 门口负责看管的一个青年为他开了门，刚迈过门槛，墙角就响起一个暗哑愤怒的声音：要杀要剐快动手，老子活够了！

不杀也不剐，但要关你六个月禁闭！ 怀宝说着扬了扬手中的纸片，这是校领导的决定！

廖怀宝，看在我们曾经在一起工作过的面上，给我找点老鼠药来，我实在不想活了！ 戴化章的声音带了哀求。

想死？ 怀宝缓缓走到戴化章身边，猛将一个荷叶包放到了他的手上，好吧，给你！ 戴化章有些意外地打开那包，里边露出的是两个温热的馒头和切成片的酱牛肉。 你？ 戴化章的嘴唇开始哆嗦。

吃吧，吃完了再说。 怀宝在他面前慢慢蹲下身子，压低了声音责怪道：为什么只想到死？ 你要死了，那在苑城的嫂子和孩子们咋办？ 你怎么不替他们想想？

两滴浑黄的泪水，开始在戴化章的眼眶里晃动。

告诉你，关你禁闭的决定是我分别说服几个校干部作出的。 怀宝的声音压得更低，你的身体不是有病吗？ 我要你用这段时间把身子彻底养好！ 外边的这个看守是我特意挑的在咱柳镇长大的小伙，心眼儿不错，他从明天起会给你送吃的喝的，你每天吃饱喝足之后，就是休息。 有外人来时，你要装出读语录反省检查的样子，后边的小院里可以散步、晒太阳，还可以听听广播节目什么的。 怀宝说着，又从口袋中摸出一个袖珍收音机放到戴化章的手里。

怀宝——戴化章的声音里带了哽咽。

老领导，怀宝轻轻拍着他的肩膀，我是你带出来参加工作的，没有你，就没有我今天的一切，就让我用这个法子来对你做点报答吧！

几滴泪水从戴化章颊上滚下。

这苦日子也许不会很久，国家这么乱下去不行，早晚需要你们这些老干部……怀宝低低的劝慰渐渐变成了自语，他又想起了沈鉴的那些话，但愿他的那些话能够再应验，但愿起用老干部的那一天能够到来，但愿我的心机不会白费！

10

太阳正在缓缓西沉；风从远处正掰穗子的玉米地里刮来，带有一股微微的新粮的香味；几只鸟儿在暮空中上下翻飞嬉戏。

戴化章禁闭不过两个多月，他原本虚弱的身子已完全恢复正常，脸上已很有些红润，双腿走路再也不发软，再也不觉无力。两个多月来，他得到了最好的照顾，中间虽开过几次批斗会，但廖怀宝每次都借口说他头晕怕出危险，使得批斗的时间很短。他吃的除了供应的那份之外，还有怀宝让人偷偷送来的各样东西。这一切都应该感激怀宝！没有他，说不定自己早被批斗死。感激老天爷让我在柳镇发现这个小伙！今天是我四十八岁生日，倘若此生还能重新工作，头一个任务就是要向上级推荐这个小伙……

咳！看守在门外发出了信号：有人来。他急忙走进室内，坐下摊开了那本《毛泽东选集》。门开了，从熟悉的脚步声中他辨出来者是怀宝，忙欢喜地站起。老领导，我记得今天是你的生日，对吧？怀宝笑微微地说。哦？你还记得这个？戴化章心里一阵感动。他哪里晓得，怀宝是从看守嘴里听说的，而那年轻看守又是从他的自语中知道的。你在这干校里还有哪些朋友？怀宝问得一本正经。朋友嘛，戴化章不知他问这何意，略一沉吟，说：老黄，就是地委的黄书记；老霍，就是地委的霍副书记；老艾，就是过去的专员……平日要好的就这么几个人！好，你稍等！怀宝听罢走出门去，径去校部见了校长，说他琢磨了一个斗臭戴化章的好法子，叫"禁闭室小型对揭会"，主要让他当初在台上的老搭档来当面揭批。校长点点头说好，怀宝便去给各大队打电话，通知当年的黄书记、霍副书记、艾专员、盖副专员和古部长速到戴化章的禁闭室去。 不一会儿，五个干校学员便老老实实战战兢兢地来到了禁闭室门口，怀宝严肃地领他们走进屋去，屋内一灯如豆，五个人看见戴化章坐那里却都不敢随便开口招呼。 戴化章乍看见几个老朋友一齐进屋也有些惊异，屋里出现了短暂静寂，怀宝就在这时低低地开了腔：今天是戴副专员的四十八岁生日，他很想邀你们这几个老朋友来喝一杯！ 我便用这个法子把你们请了来，来，拿住杯！怀宝从口袋中掏出几个小酒杯给每人手中递了一个，而后又从门外的暗处摸出一瓶葡萄酒给每人的杯中斟满。 戴化章已从惊愕中醒了过来，此时低声呵呵一笑，说：感谢怀宝一番好意！ 含泪把怀宝如何设计救他让他在此处疗养的事情说了一遍。 众老友看看戴化章脸上的健康肤色，才知其中无诈，释了怀疑，才激动地相互碰杯喝酒。 三杯酒喝罢斟第四杯时，怀宝说：刚才那三杯是你们为祝贺戴副专员生日喝的。这第四杯，是我这个下级敬你们这些老领导的！ 你们过去是我的上级，现在还是我的领导，从今往后，只要我廖怀宝在干校干一天，我就要想法让你们少受一天折磨，你们如果生活中有了什么困难，只需巧妙地告诉我一声就行，我会尽力办！ 同时请你们放心，即使一旦出了什么差错，我廖怀宝一人承担，决不会让你们受什么连累！ 来，喝！ 请接受一个下级和部属的一点敬意！ 长期遭受呵斥、批斗、打骂、侮辱的这些当年的领导者，都被这番饱含感情、充满敬意和热爱的话语搅得心里发酸，一时间每人眼中都有泪光在闪，几只酒杯当啷一碰，酒液便和着感激和激动咽下肚去……

11

气候转变的征兆到底来了，一个阳光灿烂的上午，艾专员接到了省革委命令，要他立即赶到苑城任生产指挥部的副指挥长。几个朋友在戴化章那里为老艾送行，大伙希望怀宝也去参加。怀宝心里生出了兴奋，老艾的复职是不是一种信息？一种要起用老干部的标志？不管怎么着，老艾复职了，这是自己投资的第一笔收获！几年来，怀宝不仅保护了戴化章，还以照顾病人为由把地委黄书记的爱人从另一个农场调到了这里，让他们夫妻得以团聚；他把霍副书记的两个孩子安排在柳镇的工厂里当了工人；用巧妙的办法推荐艾专员的女儿上了大学……

他把这一切都视为投资！自然，政治投资和商业投资一样，也要冒风险，也正由于此，他获得的感激也就越大。艾专员当了副指挥长，这是一个好兆头！

快来，喝三杯！戴化章、艾专员几个人亲热地围上来，把酒杯捧到了怀宝面前。艾专员激动地握住他一只手，声音颤颤地叫：怀宝，没有你的照顾，我这把骨头许已埋到这双河干校了，从今往后我们就是最亲密的朋友，我回苑城后，你若在生活上需要什么，尽管开口！……

怀宝轻轻地摇着头，微笑着说：我什么都不需要，只希望你保重身体！ 而他心里却在叫：我别的回报都不要，我只要一个满意的职务，我是在仕途上跌倒的，我还要在那里爬起来！ ……

12

　　哀乐是清晨开始在柳镇街上的大喇叭里响起来的。 廖老七一开始并没辨出那音乐的性质，走到门外时他听出了这音乐的异样，如咽似泣，他有些惊异：出了什么事？ 随即，他从喇叭里听到了那个消息，他那浑黄而机警的眼珠一个惊跳：他死了？

　　那个曾经给他这个贫苦之家带来过幸福的人死了？ 他缓缓地走回到住屋，朝着墙上那个庄严的画像，扑通跪下了双膝，呜咽着叫了一句：你老人家不该现在就走，我儿子还在干校里，正等你……

　　他蓦地记起了沈鉴的那些话，心中打了个寒噤：莫非这同时也是一个机会？ 会发生什么事吗？ 会再出现那么一个人，再给我廖家带来福气？ 他慌忙又向那画像作了一个揖，口中喃喃道：求你老人家原谅我的不恭之想，我实在是替我的儿子着急……

　　廖老七的祈祷有了回音。 调怀宝去地区报到的电话很快来了。

　　自从那显赫的四个人被批之后，怀宝心里就断定，自己的生活就要有一个变化了！ 两个月前，戴化章随最后一批老干部返城工作之后，他心中对这一天的到来更有把握！

干校的校长似乎也从这则通知中感受到了什么，今天早晨执意要给他派一辆吉普车送行。 会是一个什么消息在等着我？ 恢复原职？ 外调别县任职？ 上调专署、地委当局长、部长？ ……

车在他的七思八想中驰进苑城。 他有些不安地走进地委办公室，那值班员听完他的自我介绍后便很客气地告诉他：黄书记和戴专员正在等你，请跟我来！ 怀宝尽量放轻脚步跟在那人的后边，他忽然莫名其妙地想起曾经在一本书上看到的一句话：有时一个人的命运在几分钟内就可以决定，历史在决定人的命运时通常很吝惜时间！

一间办公室的门开了，黄书记和戴化章几乎同时看见他又同时起身含笑向他走来。 怀宝，你知道，"文革"结束了，积重难返，百废待兴，我们的民族已到了危亡的边缘，人民迫切希望我们党扭转局面，党需要经过考验的干部……黄书记一字一顿地庄严说道。 怀宝眼一眨不眨地盯住他的双唇，恨不得钻进他的嘴里把他后面要说的结果看个明白。

……考虑到你在"文革"中的表现和你的工作能力及水平，地委决定调你来地区任常务副专员……

怀宝的心脏先是骤然一停，随即又猛地加速跳动，他用了全身的力量才算把心底涌出来的那股狂喜压下去，平静地表示了态度：我很感谢组织上和老领导们对我的信任，只是我担心自己水平太差，难以胜任！

我们相信你会干好的！ 好了，先不说这些，走，去老戴家，今天中午他请客，我们边吃边聊。

这……

走吧！ 一直微笑着坐在一边的戴化章用拳头捶了一下他的肩膀，你在干校照顾了我们几年，今天中午，该我们照顾一下你了！ 今日你不喝醉就休想离开！

走出办公楼时怀宝才第一次注意到，今日的天蓝得纯净彻底，连楼前的几棵榆树看上去也分外美丽……

13

在橙州县委招待所吃罢晚饭，怀宝说他想去看个亲戚，避开了随行的几个干部，径自向县府家属区那个熟悉的小院走去。 他这次带着地委工作组到橙州，任务是了解揭批查情况和领导班子建设状况，下午一进城，生出的第一个愿望就是去看看晋莓和女儿，十年没见了，现在的晴儿该已经长成一个很高的姑娘了吧？

县城比以往干净多了，但街两边的房屋墙上，偶尔还可以看到漆写的标语：橙州县委要向无产阶级革命派交出权力！ ……怀宝无声地笑笑，权力真是一个极好的东西，人创造出它实在是一桩很大的功绩，它转瞬间可以使人步入天堂，也可以转瞬间使人沉入渊底！ 怀宝边走边漫无边际断断续续地遐想着。 他戴着一副墨镜，不想在这种非正式的场合让人认出。 明天，县里要召开干部大会，他要在会上讲话，那时，人们会向他鼓掌欢呼的。

　　他心情轻松地敲了敲门，晋莓把门打开时问了一句：你找谁？　他笑了笑，没应声，直盯了她的脸看，她那张早先漂亮的面孔已经有了衰老的痕迹，眼中也少了神采。　晋莓这时才认出了来人是谁，惊得哦了一声。

　　一个面色颓唐的男人正仰在沙发上吸烟，怀宝估计这就是那个蒙辛。　杂种，爷们儿来看你的下场了！　他冷冷地盯了对方一眼。　那蒙辛一怔！　接着呼的一下跳起来叫：是老县长，哦不，是廖副专员来了，快坐！

　　怀宝稳稳地在沙发上坐了，微笑着环视这房间里的东西，他看见了那张宽大的床，一股尖锐的疼痛立时从心区那儿传出来——他仿佛已经看见赤身的蒙辛和晋莓在那床上滚动……

　　晴儿在家吗？　为了抑制心中的疼痛，他转身问晋莓。

　　她已经上了中学，住在学校里。　晋莓的话音很冷漠。

　　廖副专员，我想知道组织上对我如何处理？　蒙辛这当儿一边恭敬地给怀宝递烟一边问。

　　这个嘛——怀宝故意拉长了声调，他注意到蒙辛的脸上现出了紧张。　关起来是一种，回原单位劳动改造是一种，开除公职后遣去山区也是一种，就看问题的性质和你的态度！

　　我在运动中是真心想做一个无产阶级革命战士的，我希望能够……蒙辛的话里带了哭音。

　　要相信组织！　怀宝打了一句官腔便站起了身，现在应该走了，去学校看看晴儿，这个屋子已经没有什么看头和想头了。

晋莓和蒙辛送他到了院门外，蒙辛停步的时候晋莓还跟在他身边走。 怀宝听着晋莓的脚步声，心中暗暗揣测：她要说点什么？ 要求复婚？ 关于晴儿的抚养费？ 为蒙辛求情？……终于，她停了脚步，声音平静地问：廖怀宝，你的脊椎不是断了吗？

噢，是……当然……后来治好了。 他没料到她会忽然问起这个问题。

呵呵呵……晋莓笑了，笑声出奇地冷。 我在想，你什么时候才能对人说句真话呢？

你这话什么意思？

你的脊椎从来就没受伤！ 晋莓的眼一下子瞪了起来，脸上现出了仇恨。

谁……谁说的？ 怀宝有些慌。

一个女人！

女人？ 哪个女人？

一个很了解你的女人，我的姁姁姐姐！ 怎么样，吃惊了？ 晋莓把嘴角高高斜起。 过去，我很少听说过一个男人会把自己的妻子朝别的男人怀里推；后来，我总算见识了！晋莓咬着牙说。

你别误会——

我误会什么？ 我只想告诉你一句：你干的这个行当有点

像我们演戏，有上台也有下台！晋莓说罢，猛然转身走了。

怀宝被惊呆在那里……

七

1

怀宝在常务副专员的位置上很快就熟练地干了起来。上级来了文件，自己加几句"此件很重要现转发你们"等，马上转发下去；上级来了电话指示，立刻再用电话通知到各县市；去上边开了会，回来再照样开个会贯彻下去，并不要费多少脑筋。此外，怀宝还注意抓住两条：一是吃透戴专员的心思，他已经越来越意识到戴专员对自己的重要，自己的每一次提升，都是因为他的提议。自己工作的好坏，应该以戴专员是否满意高兴为标准，他不满意高兴，你做得再多也是白搭。二是抓好宣传，怀宝和省各新闻单位驻地区的记者们以及地区的报纸、电台、电视台的记者们关系都处得很好，这样就保证了自己做出的任何一点成绩甚至一个举措，都能随时宣传出去。你的工作成绩再大，不宣传出去不让上级领导知道不也是白干？

怀宝如今的生活条件也变得越来越好。他一人住一套三室两厅的单元房，煤气、暖气、电话、太阳能热水器样样都有，白天出门有车，晚上娱乐有电影、豫剧。吃饭更不成问题，上边省里来人指导工作，周围地、市来人办事，办公室要招待，他是单身，刚好作陪。 每当他在宾馆里那漂亮的旋转餐桌前坐定，看着满桌的山珍海味，接过女服务员递来的喷香的热毛巾去擦脸时，他差不多都要想起过去和爹爹一起，在柳镇邮局门口摆一个破旧的条桌代人写信的情景。 他十分喜欢追忆往事，为的是好跟眼下的安逸加以对比，这样越比就越觉得舒心幸福。

一年多以后，他把父亲用丰田轿车接来同住。 他原也打算把晴儿接来的，但晴儿执意不来。 接父亲那天，父亲感叹地说：过去的知府大人，至多是坐八个人抬的轿……

日子多好啊！

当然，有时候，他也感到了孤寂，那是他在忙完一天工作回到家舍的时候，那时他会不由自主地想到女人，一种隐秘的对女性的渴望会从心中生出。 工作中他接触到的女人很多，他知道如今找个女人成家很容易，但他也认识到这可能是自己的最后一次婚姻，在处理时必须凭理智而不能凭感情，这次婚姻必须有利于自己在政界的发展而不是相反。

机关里不断地有人来给他介绍对象，其中只有两个引起了他的重视：一个是宣传部新闻科一个搞新闻的姑娘，工农兵大学生，人长得和晋莓当年一样漂亮，而且文章写得好，名字不时在报上出现，这样的姑娘结婚后会是工作上的一个好帮手；另外一个是计划生育办公室的一位科长，是个没有孩子的年轻寡妇，也才二十八岁，相貌比新闻科的那位姑娘要略逊一筹，但她有一个哥哥在给省里一位书记当秘书，这一点让怀宝不能不重视。 怀宝知道在今天的政治生活中秘书是无冕之王，领导人的决策很多都要依赖秘书，秘书对一个人有了恶感，这个人的提升命令就很难在领导人那里通过；秘书对一个人有了好感，那个人提升时就比较容易。 戴化章年纪已大，离休已经不远，自己应该预先再找一个靠山。 省委书记的秘书不能小看。

对于这两个女人，怀宝在感情上更愿要第一个，又漂亮又是黄花姑娘，总比一个寡妇有味；但在理智上他又倾向于第二个，毕竟前途重要。 如果靠她哥哥的帮助能在政界再有一番发展，再登几个台阶，那咱这一生也算辉煌了。 其实人生就是一个登台阶的过程。 一个人不论他从事什么职业，都有一长溜台阶等着他去登。 你做工，就要顺着一级工、二级工、三级工这些台阶登；你教学，就要顺着助教、讲师、副教授、教授这些台阶登……没有人不需要登台阶，你就是什么也不干，仅仅做女人，你要顺着女儿、妈妈、奶奶、祖奶奶这些台阶登。 既然登台阶对人不可避免，而且谁登得高谁就受尊敬，那就不能责怪人们为寻找登台阶的工具所做的努力。 我此生从了政，政界的台阶又特别难登，我为此去寻找一根助登的拐杖不能说是不光明！ ……

怀宝思虑来思虑去，最后还是理智占了上风，决定要第二个，也就是那个寡妇！

因为是再婚，怀宝不想把结婚仪式弄得很张扬，况且他知道这种事太张扬了容易引起人们反感，会损害自己的威信。 喜酒只办了一桌，除了媒人和岳父岳母之外，他只请了戴化章夫妇两个。

新娘的名字很好听，叫夏小雨。 不过办起事来可不像下小雨那样悠悠缓缓，而是风风火火泼泼辣辣。 新婚之夜，小雨乒乒乓乓打开她带来的两个皮箱，把三种规格的男用避孕套和两种型号的女用避孕膜以及说明书都啪啪扔到怀宝的面前说：你愿用哪一种你自己挑，你不想避了让我避也行，反正咱不能一上来就要孩子，我还想过几天快活日子！ 这种非常坦率的举动和话语令怀宝一惊，不过他也只能笑笑说：我来用吧。

新婚之夜过得倒是很尽兴，小雨不愧是在计划生育办公室工作，对做这种事懂得很多，一切都是她来引导，怀宝失去了当初同妘妘、晋莓做这事时的那种主动权，快活倒是快活，他总感到少了一种味道……

2

婚后不久，怀宝便催妻子小雨领他去省里拜见她那位秘书哥哥，小雨也想把自己的新丈夫领去让哥哥看看，两个人便很快动身了。

小雨的那位秘书哥哥显然很高兴妹妹又成了家，很满意妹夫的长相、谈吐和身份，对怀宝很亲热。 怀宝和这位秘书虽然年龄不相上下，但他每逢开口必先叫哥，叫得那位秘书

very舒服，两人谈得很投机。 当怀宝把话题扯到政界扯到下边的人才上边很难发现时，秘书哥哥笑笑说：不要操那些心，你先在下边好好干，以后自会有人发现你。 这句允诺让怀宝心里很熨帖很快活，当晚睡觉时又搂住小雨亲热了好久，心上觉得要了小雨这个小寡妇还真是值当。

怀宝和小雨临离开省城和秘书哥哥告别时，秘书哥哥又透露了两条消息：一是今后用干部，要看他能不能坚持改革开放并在改革开放中做出实绩；二是苑城地区要撤区改市，苑城变为省辖市后，戴化章可能要来省里工作。

怀宝和秘书哥哥握别后上了火车，在车轮的铿锵声中，他一直在思索着这两条消息。 看来，自己也必须赶快行动起来，尽速在改革中亮出几手，自己前一段时间一直担心改革开放的政策会变，犹犹豫豫不动手，甚至跟着别人喊了几句发展市场经济是搞资本主义，如今看这是失策！ 既然改革的风刮大了，你就不能不动，否则风头就会让别人出了，好处就会让别人占去。 可是怎么改革？ 改革什么？ 作为副专员，改革哪一点才能迅速引起众人注目、引起舆论关注、引起领导重视？ 精简行署的机构？ 这是个敏感问题，倒是容易引起上边注意，但这里边会有风险，不，不能改这个。 那么就先抓引进人才？ 这桩事倒可以办，用优厚的条件引进外地的人才！ 凡来苑城工作的各类科技人员，除安排住房、安置子女入学就业外，外加五万元安家费。 这是一件保险的事，被引进的人才都会感激自己。 而且五万元这个数字也会使新闻界感兴趣，这件事自己一抓就会上报纸……

苑城改成省辖市后戴专员上调，这对自己又是一个机会，自己是常务副专员，如果在引进人才这项改革中有了成绩和声誉，加上戴专员的举荐，再有姻兄在上边的活动，未来的苑城市长应该是自己的！……

火车正把两边的田野快速地向后扯去，怀宝望着车前方一块迅速移近的开满金黄色花朵的油菜田，强抑住心中的快活想：在前方等待我的，一定也是这金黄色的东西。倘是这一个目标实现，爹定会更高兴，便会说省辖市的市长相当于过去的道台。道台大人！他倏然间想起豫剧舞台上的这个称呼。哈哈哈……

怀宝无声地笑了。

一直坐在旁边望着窗外景色的小雨，看见丈夫笑得开心，以为是车窗外的美景感染了他，便也欢喜地说：这景色多美啊！

多美啊！怀宝顺口接了一句，但他很快又沉浸在自己的思索里……

火车正飞也似的向前奔去……

——周大新中篇小说谈片

何向阳

　　我曾在一篇《印象周大新》的评论中谈到这样一个观点，大意是，如果只把周大新视为一个擅长写地域的作家的话，那真的是"矮化"了他。虽然他的大多作品都有一个具体的故乡，但他的笔触的确是那个"故乡"的放大。

　　那个观点是这样表述的："在写到人的时候，他关注的焦点始终不是地方性，而是这个地方的人何以如此，人何以如此，人性何以如此，人类可不可以不如此，不如此的人类又如何前行？围绕人的人性的诸多纠缠与问号，在他心底的分量远远大于一个具体的故乡。"也就是说从故乡出发，大新想去的地方是一个也叫作"故乡"但又不确定是哪里的地方。那个目的地，我们姑且称之为"心乡"。而在抵达"心乡"之前，大新小说中的人物一直徘徊在"原乡"与"异乡"之间。

　　如果说得更简洁的话，他笔下的跋踬于故乡间的人物，大致可分为两种。一种，如《香魂女》中的郜二嫂和环环，两人虽处两代，而郜二嫂为了有智障的儿子能娶上环环做媳妇还略施计谋，将环环所爱的金海支到城里零售店，让信贷员去环环家催还款迫使环环答应了五爷的做媒，她曾是一个心肠多么硬的人哪！ 但在她与任实忠相好而不意被环环撞见，环环却一直为她保守秘密，终有一天她不解相问时所听到的回答是，"娘，我懂得，你这辈子心里也苦"。 那泪水里化解了生活的烦难，同时更将有着相似命运的女人的两颗心拉得更近，原来，她，与她，都是"原乡人"啊，她们有着相同的命运，在这种命运中她们相互理解而惺惺相惜。 这就是郜二嫂说出"一辈子太长了"的心理原因，她沉沦于此，她不愿沉沦于此，所以要放一条"生路"给环环——这个与她同病相怜的女人。 水边抱在一起的两个女人，在"原乡"中找回了原初的善良。 我时常想，如果世界只有"原乡人"该多好，但是也许那就不成其为世界。 世界是多元的。

世界必然还有另一种人——"异乡人"。

《向上的台阶》书写了这样一种人。 怀宝12岁，爷爷去世前的遗训就是要做官。 写字不重要，做官才重要。 做官便会使家族免于欺负。 这种观念根深蒂固。 从柳镇出发，从廖老七的一丈四尺蓝士林布出发，从放弃初恋的爱情出发，从放弃真爱的婚姻出发，怀宝在向上的台阶上从镇长做到县长再做到常务副专员，几乎每一步都以牺牲别人为代价，作为"向上"的祭品中有他心爱的女人，有他助手一样的兄弟，只要是阻挡在"向上"的台阶上的，他一概"铲除"，在"铲除"他们的同时，他也一点点失去了作为"原乡人"的天性，他将自家的与时俱来的善良放在祭品的位置，从而使自己在利益的快速道上奔驰而去，在"异乡"的路上越走越远，终至不归。

引人深思的是大新笔下的"原乡人"多为女性，也许她们仍保留着母性的善良，而作为男人——怀宝及其父廖老七，他们的心机与心计全在对于"原乡"的打碎，在打碎的地方建造一个以利益为驱动的"异乡"。如果熟悉大新作品，我们可以在他的诸多长篇中看到这两种人的面影。而大新，站在他（她）们中间，悲悯地看着他（她）们，无论是他（她）们的失去、挣扎或得到，他都一视同仁地收取。他有劝勉，他有方向，他知道自己要往哪里去。正是这些，使他站在原乡人与异乡人之间，成为兄弟姐妹们的同行。

2017 年 12 月 27 日，北京

图书在版编目（CIP）数据

香魂女/周大新著；何向阳主编. —郑州：河南文艺出版社，
2018.3（2020.7 重印）

（百年中篇小说名家经典／何向阳总主编）

ISBN 978-7-5559-0638-4

Ⅰ.①香… Ⅱ.①周…②何… Ⅲ.①中篇小说-小说集-中国-
当代 Ⅳ.①I247.5

中国版本图书馆 CIP 数据核字（2017）第 308396 号

丛书策划　陈　杰　杨彦玲

本书策划　冯田芳　　　　　责任校对　陈　炜

责任编辑　冯田芳　　　　　责任印制　陈少强

丛书统筹　李亚楠　　　　　书籍设计　书籍/设计/工坊
　　　　　　　　　　　　　　　　　　　刘运来工作室

香魂女
XIANGHUNNÜ

出版发行　河南文艺出版社
本社地址　郑州市郑东新区祥盛街 27 号 C 座 5 楼
邮政编码　450018
承印单位　河南瑞之光印刷股份有限公司
经销单位　新华书店
开　　本　787 毫米×1092 毫米　1/32
印　　张　6
字　　数　99 000
版　　次　2018 年 3 月第 1 版
印　　次　2020 年 7 月第 2 次印刷
定　　价　20.00 元

印厂地址　河南省武陟县产业集聚区东区（詹店镇）泰安路
邮政编码　454950　　电话　0391-2527860